René Frégni

Les nuits d'Alice

Denoël

René Frégni est né le 8 juillet 1947 à Marseille. Après des études brèves et un passage à l'armée tumultueux, il vit cinq ans à l'étranger sous une fausse identité. De retour en France, il travaille pendant sept ans comme infirmier dans un hôpital psychiatrique. Puis il pratique le café-théâtre pendant six ans, et exerce divers métiers pour survivre et écrire.

À Sophie et à Marilou

Ils se faufilèrent parmi ces rencontres, sans être vus ou remarqués, petit troupeau de parias absolus, haves, le teint plombé, enragés de faim et pourchassés par la peur.

Joseph Conrad
Lord Jim

Tous les dimanches, comme ça, Lucien s'en allait tout seul dans les bois. Il adorait se perdre. Jusqu'à la nuit il escaladait les pentes sous les pins, glissait au fond des gorges dans un silence de mousse. Quelquefois il se faisait peur. C'était le jour où Pierrot allait à sa partie de poker : des commerçants et des voyous. Il devenait un bon joueur. Joueur, Lucien ne l'était pas du tout.

Ce dimanche-là, il faisait un bien pâle soleil, un de ces petits soleils d'alentour de Noël juste bon à semer dans les chênes, quand on lève les yeux, trois papillotes d'or. Nous n'étions pourtant qu'en octobre. Lucien venait de sauter d'un talus sur la petite route, quelque part du côté de Saint-Martin, quand une voiture noire déboucha et pila devant lui. Une femme en surgit, élégante et décomposée. Elle lui bondit dessus :

— Aidez-moi, monsieur ! Je vous en prie,

aidez-moi ! C'est ma nièce, ma nièce, elle vient de se sauver, là, à l'instant... Elle a sauté en marche, elle veut se suicider. Oh ! Aidez-moi je vous en supplie aidez-moi !

Ses yeux étaient fous. À qui avait-il affaire ? La voiture pourtant avait fière allure, la robe aussi. La femme le secouait comme un prunier.

— Dépêchez-vous ! Vite ! C'est par là, elle a dégringolé en hurlant. Vite ! Vite ! Elle s'appelle Alice ! Oh ! Mon Dieu, mon Dieu...

Pour se débarrasser d'elle il s'enfonça dans la combe qu'elle désignait. Qui était la folle : la tante ou la nièce ? Et d'abord, y avait-il une nièce ?

Au bout d'un moment il atteignit le fond. Une maigre rivière s'égarait en marécages. Si bas le soleil ne descendait guère et malgré le bleu du ciel tout là-haut quelques haillons de brume s'accrochaient aux broussailles. Quel sinistre silence... Juste un clapotement sous la houle des roseaux. Timidement il appela pour faire bonne figure :

— Alice !... Hé ! Alice... Hou hou...

L'invisible serpentement de l'eau tout autour. Soudain, à dix pas les joncs s'ouvrirent... Une créature apparut, écarlate et sans visage. Elle le fixait. Ça avait forme humaine. La boule qui aurait dû être la tête n'était que marmelade et le reste tout aussi dégoûtant. Il crut discerner un regard, une paire d'yeux dans un pot de groseilles. Il balbutia :

— Alice... C'est toi, Alice ?

L'être de sang ânonna :

— Partez... Laissez-moi...

C'était un râle de femme : Alice ? Il fit trois pas. Sous le sang, plus rien. Juste ce regard halluciné au milieu de la tête. Sur le front l'os semblait nu. Il avança encore. L'eau qui courait sous l'herbe atteignit sa taille, il ne la sentait pas.

— Viens, Alice, on va remonter... Donne-moi la main.

Ô surprise, elle la lui tendit. Il la toucha du bout des doigts. Lentement ils remontèrent vers la route, elle avançait tel un somnambule de sang. Le râle dans son dos le terrifiait. Il n'osait pas se retourner.

— Comment tu as fait ça, Alice ?

— Une pierre... J'ai écrasé ma tête.

Le sang ne ruisselait plus. Partout des petits caillots se formaient, faisant de sa figure une orange sanguine.

— Mais pourquoi tu as fait ça, Alice ?

Il parlait pour ne pas lâcher sa main. Très faiblement elle répondit parce qu'il ne lui restait que quelques grammes de vie :

— Personne...

La voiture noire était là. Lucien déposa

Alice sur la banquette arrière, très molle à présent. Doucement elle semblait s'éteindre. La voiture noire démarra dans le soir. Il resta seul, trempé.

Quand il arriva le grenier était vide ; cela ne l'étonna pas, Pierrot rentrait souvent très tard le dimanche. Il fit chauffer une casserole de lait et le versa dans son bol rouge avec trois petites cuillers de chocolat et deux sucres. Il s'installa à table, enfin, sur la porte en bois massif qu'ils avaient suspendue par des chaînes à une poutre maîtresse. C'était avec le lit et le frigo leur seul meuble, et comme ils ne possédaient qu'un banc qu'ils avaient volé à l'église, ils mangeaient côte à côte.

Depuis près d'un an qu'ils vivaient là, Lucien avait pris l'habitude de goûter la mélancolie de cette heure. Par le fenestron, il regardait le soir d'hiver dérober le clocher et le ciel au loin diluer les collines où il savait qu'en un lieu précis une lampe allait s'allumer dans les bois, piquant d'un point d'or le crépuscule de bronze. Malgré tous ses efforts il n'avait jamais pu le jour apercevoir cette maison, peut-être n'était-ce qu'un cabanon enseveli sous le feuillage.

Les deux mains autour de son bol chaud il entendait en bas les derniers pas dans la ruelle. Il y avait longtemps qu'il n'allait plus au cinéma le dimanche, depuis qu'il avait quitté sa famille et son quartier. Oui, longtemps...

C'était un dimanche aussi que Lucien connut Pierrot. Il devait être midi et il contemplait un palmier sur le port de Toulon quand un type l'aborda. Vêtu d'un Perfecto, de jeans blancs et de camarguaises, il lui dit qu'il était sorti la veille de prison, qu'il avait dormi à l'asile de nuit et qu'il avait faim. Son regard pénétra celui de Lucien qui en fut très embêté. Tout de suite, il sentit que Pierrot était intelligent, ses yeux souriaient sans que ses lèvres remuent. Il apprit plus tard que c'était là le mystère de son charme, ses yeux pouvaient rire aux éclats dans un visage de marbre.

Écartant les mains, paumes ouvertes, Lucien lui fit signe qu'il n'avait pas plus d'argent que lui, et au même instant il se surprit à l'inviter à partager une pizza. Ils s'installèrent derrière le port dans la rue la plus sale pour que ce soit moins cher. Pierrot venait de faire un an pour un kilo de shit. Le plus dur avait été de voir son père pleurer lorsqu'il avait disparu dans la souricière juste après le procès — il était enchaîné et les deux flics ne lui avaient pas permis de l'embrasser, il lui avait crié de loin qu'il avait besoin d'un pull car il faisait froid dans la cellule — et un jour au parloir de découvrir que ses cheveux étaient devenus blancs.

Lucien ne lui dit pas que lui aussi avait fait un an de prison à l'armée, il commanda un rosé de Bandol. À la fin du repas Pierrot avait sorti de son blouson un laguiole au manche de corne gris et blanc avec l'abeille et la petite croix en clous dorés, un petit joyau que Lucien n'aurait jamais osé s'offrir et qui attirait toujours son regard dans les vitrines. « Prends-le, lui avait-il dit, c'est un David, la meilleure marque », et comme Lucien refusait il ajouta : « Ça me fait plaisir, je l'ai taxé hier chez un armurier. » Lucien l'avait glissé dans sa poche et ils étaient partis en courant sans attendre l'addition. Voilà comment leur amitié avait commencé. Le laguiole est toujours dans la poche de Lucien, il ne le quitte jamais.

Ils avaient traîné jusqu'à ce qu'une bagarre générale éclate dans un bar où ils faisaient une partie de billard. Une bande avait fait irruption et cassait tout parce que le patron avait refusé de servir un Arabe. Ils s'étaient d'abord réfugiés sous le billard puis taillé un chemin vers la porte à coups de queues car deux bergers allemands étaient sortis d'on ne sait où, les babines retroussées sur des dents de lion.

Lucien devait dormir depuis un bon moment lorsque la lumière l'éveilla. Pierrot rentrait du poker. Il s'assit dans son lit, il couchait sur un matelas posé par terre, Pierrot sur le sommier. Il lui raconta l'histoire de la suicidée.

— C'est horrible ! Quel âge a-t-elle ?

— Je ne sais pas, c'était un bloc de sang... Une voix jeune, un jean.

Pierrot se regarda dans la glace, tordit sa bouche, chassa une image du revers de la main.

— S'écraser la tête à coups de pierres, elle doit être cinglée, je n'ai jamais entendu une chose pareille, surtout une fille... J'ai gagné huit cents balles... Tu crois qu'elle est morte ?

Il tira de sa poche une poignée de billets qu'il défroissa.

— Il reste de la brouillade, j'ai fini le pain.

— Ça va, j'ai mangé, répondit Pierrot.

Quelques instants plus tard il éteignit la lumière et Lucien revit le visage de sang...

Le lendemain matin ils étaient à l'ouvrage, c'était l'époque où ils dénichaient par-ci par-là des petits boulots divers : maçonnerie, jardinage, déménagements, toujours au noir, cela leur permettait d'en mettre un bon coup puis de prendre du bon temps. Dans la région on commençait à les connaître, ils refusaient les trop gros chantiers.

Ce jour-là ils attaquèrent une terrasse qu'un chirurgien voulait faire construire devant sa maison, une belle bâtisse tout en longueur avec blason sur la porte et fenêtres à meneaux, qui leur avait évoqué dans le bleu du matin un vaisseau échoué en pleine campagne. « Un ancien pavillon de chasse du roi René », leur avait dit fièrement le docteur tout en leur expliquant ce qu'il voulait : « Une terrasse rose entourée de balustres, quelque chose de simple qui me permette de ne pas m'enfoncer dans la boue jusqu'aux genoux l'hiver dès que je mets le pied dehors. »

Il leur fallut plus d'une heure pour tracer puis redresser les équerres sans trop compter sur la façade qui avait tendance à bomber le torse sous le poids des siècles.

Vers neuf heures le propriétaire grimpa dans un rutilant coupé rouge, jeta sur le siège arrière une sacoche de cuir noir et, faisant rugir son moteur, leur lança :

— Si vous avez besoin de quoi que ce soit ma femme est à l'intérieur !

La voiture arracha un nuage ocre.

— J'ai besoin de baiser, dit Pierrot, et il attrapa une pioche.

C'était bien sûr une plaisanterie, il n'avait qu'à faire sourire ses yeux pour que fondent sans exception toutes les femmes qu'il désirait.

Le soleil était doux, le sol tendre, Pierrot creusait le long du trait de chaux ; pas la peine de descendre très profond, il n'y aurait pas de poids. Lorsqu'il levait les bras son dos sous le tee-shirt se bossuait de muscles. Lucien enlevait la terre.

La jeune femme apparut dans un peignoir en éponge blanc, pieds nus, un papillon vert posé sur sa tête retenait ses cheveux mouillés.

— Quand vous rencontrez des iris ne les abîmez pas, déracinez-les délicatement et mettez-les s'il vous plaît dans ce récipient, je les replanterai ailleurs.

Elle leur tendit une bassine chinoise pleine d'eau et disparut à l'intérieur.

Les yeux de Pierrot pétillaient de malice. Ils ne dirent rien de cochon, elle pouvait être restée derrière la porte.

Malgré tout, le soleil montait et ils étaient contents d'entendre un peu plus loin les dernières feuilles d'un peuplier faire un bruit de rivière.

« Ouf ! » lança Pierrot lorsqu'ils eurent atteint le premier cyprès qui couchait par terre une ombre maigre et dense. « On se croirait en juillet, quel travail d'esclave ! »

Il jeta sa pioche et retira son tee-shirt.

« Et dire qu'elle n'attend qu'une chose, qu'on la viole », ajouta-t-il entre ses dents.

Les murs étaient si épais que de l'intérieur rien ne leur parvenait. Peut-être s'était-elle recouchée nue avec de la musique ?

Lucien ramassa l'outil et en assena quelques bons coups. Tout de suite il comprit que ce serait dès lors une autre paire de manches, ils avaient quelques fils d'ombre certes mais les racines étaient là, vineuses et grasses d'abord pour le cyprès puis jaune safran et sèches celles d'un genêt sauvage plus robuste que dix nerfs de bœuf.

Lucien frappait à s'en arracher l'âme. Même à la hache il ne progressait que copeau par copeau. Appuyé sur la pelle, faisant tout pour ne pas le voir, Pierrot se les roulait, il n'y avait plus rien à extraire de la tranchée.

Les épaules de Lucien durcissaient. Il sentait autour tout le poids de la lumière. Prises dans la terre humide les racines renvoyaient un bruit sourd, le fer rebondissait sur le bois sans y mordre. Ses yeux se voilèrent d'un liquide visqueux, et d'entre les pattes blessées de l'arbre brusquement surgit le visage de sang. Sa pioche resta suspendue dans l'air.

À son tour il jeta la pioche, arracha sa chemise, en essuya ses yeux brûlés de sel. Lorsqu'il les rouvrit la femme du médecin était devant eux dans une courte robe abricot, un plateau à la main.

— Que préférez-vous, Perrier, Coca, Schweppes ou Orangina ?

Elle était bronzée comme en plein été et devait adorer les papillons car ses lunettes noires en avaient la couleur et la forme. Elle déposa le plateau qui représentait la coupe transversale d'une pastèque et s'installa un peu plus loin sur une chaise longue, une pile de magazines près de sa main.

— Allumeuse, marmonna Pierrot à son ami, après l'Amérique tu retombes dans l'eau.

Il y avait dans la raucité de sa voix quelque chose qui n'appartenait pas à la fatigue.

Il saisit la pioche et pendant un bon moment s'expliqua avec plus fort que lui. Elle faisait maintenant semblant de feuilleter une revue d'art. Le joueur de poker ne lui donna de lui que quelques ahans féroces. Lucien reconnaissait bien là le révolté, celui qui avait toujours eu honte de se vendre et qui était prêt à tout.

Cette hargne lui plut, le travail avança plus vite. Bientôt ils atteignirent un massif de yuccas qu'il fallait écorner, leurs racines se tranchaient plus facilement qu'un melon, ils en recevaient au visage des gouttes fraîches.

Pendant deux jours Lucien travailla hanté par le visage inconnu. Qui y avait-il derrière ce masque de sang ? Était-elle morte ? Il n'avait jamais sauvé personne dans sa vie, sauf peut-être un enfant qui se noyait dans la Meuse un dimanche après-midi, mais quelqu'un d'autre aurait sans doute plongé s'il ne l'avait fait, la preuve, les parents ne l'avaient même pas invité chez eux, à peine merci et au revoir. Peut-être la dame à la voiture noire avait-elle fait paraître une annonce dans le journal pour remercier l'inconnu, Lucien ne le lisait que dans les périodes où il ne travaillait pas, en prenant son petit déjeuner vers dix heures à la terrasse de chez Gaby. « Pendant que tu pioches tu rates peut-être une belle récompense », lui avait dit Pierrot.

Le mardi soir à cinq heures il prit une douche et courut à l'hôpital. Où pouvait-elle être sinon là ? À moins qu'elle n'ait été transportée d'urgence dans un centre spécialisé pour la boîte crânienne et le cerveau ?

Il raconta son histoire à la réceptionniste dont le nez et les cheveux longs et bouclés lui firent penser à un roi : « Je ne connais que son prénom, ajouta-t-il, Alice. »

Elle fit courir son doigt sur un registre : « Alice Loiseau premier étage médecine chambre H », énonça-t-elle sans plus le regarder.

Lucien regagna aussitôt les rues commerçantes, entra chez un confiseur, acheta une jolie boîte de chocolats de Puyricard et se hâta vers la chambre H.

Légèrement il frappa à la porte, tendit l'oreille, son cœur était inquiet. Sans doute l'est-il toujours lorsqu'on franchit la barrière d'un hôpital. Tout aussi légèrement il insista. Rien. Lentement il tourna la poignée avant qu'une infirmière ne l'interpelle parce qu'il ne fallait à aucun prix déranger la blessée.

Les volets croisés retenus par l'espagnolette découpaient un ruban de ciel pâle que rendait encore plus clair, malgré l'heure, l'obscurité de la chambre.

Elle était là, immobile dans le lit, momifiée. Des bandes ne laissaient nu que l'essentiel de son visage. Elle dormait. Longtemps, penché sur elle, il l'observa. Paupières, lèvres, nez, semblaient intacts. Du bout d'un doigt il effleura la couverture là où il pensait que se trouvait son bras, plus pour la rassurer si brusquement elle eût ouvert les yeux que pour la réveiller.

Dans le couloir un chariot se rapprocha avec des bruits de plats, des voix de femmes. L'heure du repas sans doute. Il sortit son stylo, s'approcha du peu de jour que le ciel encore glissait là et écrivit sur la boîte de chocolats :

« Excusez-moi de vous avoir sauvée, maintenant que je vous ai vue je ne le regrette pas, vous êtes très jolie. Lucien, 3, montée des Palmiers, dernier étage gauche. »

L'automne est une saison triste pour les gens seuls et vieux qui apprivoisent la mort par petits gestes calmes. Pour eux qui travaillaient dehors sous des ciels passionnés c'était la saison douce. L'eau dans les bidons n'est pas encore ce bloc qu'au petit jour on attaque au marteau avec des mains fendues et midi n'est plus ce soleil blanc qui jette sur la terre des ombres de calvaires.

Le coffrage leur prit beaucoup de temps, ils manquaient de planches, de serre-joints, il fallut descendre en ville pour un paquet de clous. Bref, comme en tout, ils étaient bricoleurs à la petite semaine, touche-à-tout sans génie.

Dès les premières pelletées de sable que Lucien lança dans la bouche tournante de la bétonnière, celle-ci rendit l'âme. La cuve hoqueta, sauta de sa crémaillère, s'immobilisa. Ils tirèrent comme des damnés sur la cordelette du démarreur mais elle ne broncha plus. Le moteur semblait bon, ils avaient flambé le roulement à billes. C'est le genre de chose qui fait plaisir lorsqu'on travaille pour un patron, on s'assoit sur le talus, un brin d'herbe au coin des lèvres, et on attend la suite l'œil malicieusement consterné et le ventre au soleil.

Les deux amis téléphonèrent à une entreprise afin de louer une nouvelle machine puis ils s'assirent quand même sur le talus, les yeux tournés vers la bâtisse, en espérant que la femme du chirurgien veuille bien jouer avec le feu. De temps en temps un coing trop mûr tombait d'une haie et roulait à leurs pieds. Il y en avait des ribambelles qui pourrissaient tout autour d'eux.

Comme elle ne sortait pas Pierrot se mit en rogne :

— Ça commence à me courir sur le haricot ce travail de débile, regarde ces mains, bientôt je ne pourrai même plus tenir les cartes... Qu'il pleuve, qu'il vente, toujours dehors ! Et mes cheveux je les lave tous les soirs, on dirait qu'ils sont gris. Non, Lucien, enfonce-toi bien ça dans la tête, ça ne peut plus durer, on est rien, zéro, que dalle ! Même les allumeuses ne nous regardent plus ! Je vais tout envoyer sur les roses, je te le dis, moi, leur terrasse, leurs balustres et leur roi René ! Non mais tu nous as vus ? Qu'est-ce qu'on attend là ? On attend la possibilité de se mettre comme des pistachiers pour avoir le sucre ! Toute la sainte journée à faire le guignol une brouette à la main ! Et l'autre là-bas avec ses revues d'art qui nous met plus bas que terre ! Son accent, ses bijoux ! Elle va les chercher un de ces soirs, je te le dis, ses bijoux !

Ils venaient d'avoir trente ans. C'est vers cette époque qu'ils furent écœurés, de leur passé, de l'avenir et du reste. Allaient-ils vieillir dans la poussière de ciment, cassés en deux devant des mas « de caractère » ? Lucien regarda ses mains : elles étaient grises. Pierrot avait raison, avec le temps les maçons sont gris, ils ressemblent à des murs. Il lui dit :

— Ça va, ça va, arrête de gueuler comme un âne ! Tu veux retourner en prison ? Tu n'as que ça à la bouche, l'argent, les bijoux...

Un moteur l'interrompit qui avalait la côte, l'Alfa Romeo rouge surgit. Ils se relevèrent.

Réflexe de larbin, c'était lui le patron. Lentement ils s'approchèrent. Penché dans son véhicule le médecin en tirait des dossiers.

— Coupé 1750 GTV, dit Pierrot, mon rêve.

Le chirurgien tourna vers eux un visage surpris. Brusquement radieux.

— Une petite splendeur, n'est-ce pas... J'en rêvais moi aussi depuis l'internat. Vous aimez vous aussi les voitures ?

— Sur les magazines, répondit Pierrot.

Le visage de leur interlocuteur s'éclairait de seconde en seconde.

— Venez, approchez-vous, je passerais mes journées à la regarder. Voyez ce travail ! Intérieur en cuir noir, tableau de bord et volant en bois, allez-y, installez-vous, installez-vous !

D'un geste dégoûté Pierrot montra ses vêtements.

— Quelle importance ! Un coup d'aspirateur. Je vous en prie, offrez-vous ce plaisir, lorsqu'on en tombe amoureux on fait tout pour l'avoir.

Pierrot prit place au volant.

— Magnifiques, les cadrans ! dit-il.

— Voyez le compte-tours gradué jusqu'à 8 000, la zone rouge commence à 6 000, c'est là que le moteur se sent bien, il respire... Mettez en marche... Vous allez entendre ce bruit !

Pierrot hésita, considéra le docteur. Celui-ci rayonnait. Il tourna la clé de contact.

— Écoutez..., susurra-t-il les yeux mi-clos, un doigt en l'air. Allez-y, caressez l'accélérateur... On eût dit qu'il recevait lui-même la caresse. Vous entendez cette sonorité ?... Feutrée, rageuse... Cette force ! Son visage s'empourpra. Allez-y, allez-y, taquinez-le !

Pierrot tira de l'instrument des feulements sublimes.

— C'est encore plus beau de l'extérieur, se pâma le propriétaire, hochant la tête de gauche à droite. Double arbre à cames en tête... Carburateur Weber double corps...

Du bout du pied Pierrot lui faisait frôler l'orgasme. Un petit rire les bouscula, ils se retournèrent. La jeune femme était debout sur le seuil, amusée, ironique. Pierrot coupa le contact, sortit.

— La carrosserie a été dessinée par Bertone, leur lança le mari se dirigeant vers la maison, c'est la plus belle ! Je vous la ferai essayer si vous voulez !

On sentait que son trouble était retombé, il embrassa distraitement sa femme au passage et tous deux disparurent.

— Complètement toqué, dit Pierrot, mais sympathique, je la lui piquerais bien.

— Qui !

— La bagnole bien sûr, la nana c'est trop facile.

Lucien n'était pas de son avis, elle aussi aurait pu être dessinée par Bertone.

Pierrot regardait à l'autre bout du parc la vieille 404 blanche qu'ils avaient payée des clopinettes. Elle avait plus de dix ans. Lucien sentit qu'il allait lui faire une nouvelle crise.

En début d'après-midi une Jeep s'amena tractant une bétonnière flambant neuve trois fois plus importante que la leur et conçue pour des gâchées d'un sac entier de ciment. Pendant deux jours Lucien lui envoya dans la gueule des dizaines de sacs, des centaines de seaux d'eau et des tonnes de sable dans un fracas de tous les diables et un tourbillon de poussière grise qui, mêlée à la sueur, l'enferma lentement dans une gangue de béton. Ahuri de fatigue, il suivait des yeux l'envol du sable, de sa pelle à la machine, qui conservait en l'air durant la trajectoire la forme exacte de la pelle. Il se raccrochait à la magie de ce phénomène, ses muscles en dépendaient tel le pianiste du métronome.

Pierrot courait derrière sa brouette qu'il vidait pour revenir aussitôt. Tous les cinq voyages il tirait les règles, pataugeant dans le mortier.

Le lendemain soir ils avaient coulé soixante mètres carrés de dalle et leurs reins. Ils s'effondrèrent tout habillés sans avaler une seule miette.

Elle fit irruption dans le grenier quelques jours plus tard. On devait être à la fin novembre et Lucien l'avait presque oubliée. Elle entra chez eux comme on ouvre une fenêtre en plein hiver et que se pose sur votre visage la douceur d'une nuit d'août. Peut-être gratta-t-elle un peu à la porte, toujours est-il que se retournant ils la virent là, immobile devant eux, jaune et noire dans la demi-pénombre. Ils venaient à l'instant de rentrer du chantier et n'avaient pas encore allumé la lampe. Ses cheveux étaient blonds, coupés très court, et si elle n'avait pas porté ce soir-là une jupe noire on l'aurait prise pour un petit garçon, son pull de la même couleur était serré à la taille par une ceinture de cuir.

Pierrot éclaira et elle éclata de rire.

— Je ne savais pas que je rendais visite à deux cochons roses, parvint-elle à articuler.

Ils se regardèrent. Ils avaient projeté toute la journée de l'enduit de couleur sur la terrasse et ils étaient roses de la tête aux pieds.

Elle fit quelques pas dans la pièce.

— Mais comment faites-vous pour vivre dans un endroit pareil ? On se croirait dans le cachot du marquis de Sade. Quelle horreur, ces chaînes... ! Lequel des deux petits cochons est Lucien ? ajouta-t-elle.

— C'est moi, dit-il.

— Merci pour les chocolats, je n'en avais jamais mangé d'aussi bons, chanta-t-elle sans le regarder.

Elle n'avait pas encore prononcé son nom mais ils avaient tous les deux deviné, dès la première seconde, qui était cette apparition. Son front ne portait aucune cicatrice, ou alors habilement dissimulée sous la petite frange blonde. Sans doute lui avait-on coupé les cheveux si court afin de pouvoir la soigner. Un grand coiffeur n'aurait pas été plus adroit pour mettre en valeur son visage, surtout ses yeux.

Elle s'accroupit dans le coin où Lucien entassait ses livres, en tira un d'une pile, l'ouvrit.

— Quelle histoire magnifique !... Qui est-ce qui lit ça ?

Lucien savait à l'épaisseur du livre qu'il s'agissait de *À l'est d'Eden*.

— C'est le professeur, dit Pierrot le montrant du doigt.

Rarement il l'appelait ainsi lorsqu'ils étaient seuls, il gardait ce nom pour le présenter à ses amis ou l'interpeller gaiement quand il y avait du monde. Il prononçait alors ce mot avec un tel respect enjoué qu'on entendait plutôt homme de savoir qu'enseignant.

Pour la première fois elle considéra Lucien, toujours accroupie le livre à la main.

— Vous êtes professeur ?

— Non, ajouta Pierrot, mais si on le laissait faire il lirait toute la journée, dès que je tourne le dos il prend un livre. Allez-y, posez-lui n'importe quelle question, il a tout lu.

Elle s'avança vers Lucien. À son regard il comprit qu'elle allait lui en poser une, il fut soudain mal à l'aise. Les yeux de la jeune femme étaient noirs, malicieux, violents.

— Est-ce que je peux prendre une datte ? dit-elle.

Et, soulevant la branche d'une main au-dessus de son visage, elle en détacha une avec ses dents. Ils venaient de les acheter à l'épicerie du coin juste avant de monter.

— Délicieuse ! J'en avais bien besoin après cette émotion ; il y a des gens incroyables tout de même !

Elle s'assit sur le coin de la table, pieds posés sur le banc, ses escarpins noirs étaient piqués de tout petits pois blancs. Sa jupe plutôt courte remonta encore et la pureté de ses jambes déchira le ventre de Lucien.

— Figurez-vous que depuis deux jours je cherche du travail, ce matin je lis dans le journal qu'un théâtre demande du monde, j'y vais. Le directeur me reçoit dans son bureau, la cinquantaine chauve, bel homme, il me dit : « On va faire un bout d'essai, venez. » Il ouvre une porte et nous entrons dans le théâtre, une petite salle pourpre, les fauteuils, les murs, les rideaux, tout pourpre. « Allez-y, je vous écoute, dit-il. — Quoi donc ? — Je ne sais pas, moi, ce que vous voulez... Un monologue, une poésie, que sais-je, je veux vous voir évoluer, entendre votre voix. — Mais c'est impossible, comme ça, je ne sais rien... Donnez-moi un thème, un sujet, un mot, j'essaierai d'improviser. — D'accord, me dit-il, voilà, vous êtes une jeune fille de bonne famille, votre frère se drogue et vous venez le chercher dans un quartier sordide où vous pensez qu'il vit. Vous tombez sur moi et je vous agresse ! » Mmm ! vraiment extra vos dattes !

Elle en reprit quelques-unes et mangeait en parlant.

— Il sort alors un couteau de sa poche, grand comme ça, l'ouvre et s'approche de moi : « Je veux lire la peur sur votre visage, criez s'il le faut ! Soyez vraie ! » Il met la lame devant mes yeux et il a l'air si fou que je recule. Brusquement je bute contre quelque chose de dur dans mon dos, je me retourne : c'est un pilier. « Joignez vos mains par-derrière ! hurle-t-il, comme si elles étaient attachées ! » Et en même temps il défait la boucle de ma ceinture. Je sens sa main qui entre sous mon pull, il empoigne un de mes seins avec des yeux déments. J'ai fait un bond sur le côté et je lui ai lancé un coup de ceinture dans la figure, j'ai dû le rater car il n'a même pas crié. Je suis partie en courant.

Elle se précipite alors vers la fenêtre, l'ouvre brutalement et crache tout dehors.

— Excusez-moi, dit-elle en la refermant, je suis tombée sur une pourrie. Beurk ! Je boirais volontiers quelque chose, quel goût atroce !

— Il y a du sirop de menthe ou du rosé, lui dit Lucien.

— Vous n'auriez pas plutôt du blanc d'Alsace ?

Étonnés, ils se regardèrent.

— Pourquoi pas d'ailleurs, va pour un rosé.

Un quart d'heure après la bouteille était vide, Pierrot et son ami ne s'étaient pas resservis. Elle parlait, buvait, parfois elle éclatait de rire. Il y avait dans sa voix lorsqu'elle riait on ne sait quoi de fou et de désespéré. Muets, ils l'écoutaient.

Vers le milieu de la nuit, soudain elle piqua de ses lèvres leurs fronts, dévalant l'escalier elle leur lança : « Au revoir mes petits cochons ! » Au cliquetis de ses talons en bas dans la ruelle, ils se ruèrent sur le fenestron. Déjà sa tête d'or, ses jambes claires, disparaissaient sous le porche en haut de la côte.

C'était comme si le bonheur glissait sous la lune. Ils n'osaient pas se retourner, derrière leur grenier les attendait, lugubre comme ils ne l'avaient jamais vu.

En cette saison, par ici, les jours sont longtemps bleus et, s'il arrive qu'un matin la brume monte de la rivière, on sait que vers midi la ville sera tiède d'une belle lumière. Avec l'argent qu'ils venaient de gagner chez le chirurgien, ils décidèrent d'accompagner un moment l'été de la Saint-Martin.

Chez Gaby vers dix heures sur la placette, à deux pas de leur grenier, le soleil touchait les fortifications. Peu après il était sur la fontaine d'où il sautait sur leurs pieds. Ils commandaient des tartines. C'est le meilleur moment pour déplier le journal. Il y a dans ce geste la volupté de qui possède soudain le secret pour faire enfin fortune, et chaque jour vous procure cette fugace volupté, surtout si des femmes passent devant la terrasse.

Elles passaient, mais depuis cette nuit-là il n'y avait qu'Elle. Tout en parlant ils guettaient les quatre rues qui se jettent sur la place ; ils en prenaient chacun deux, sans oser se le dire, et bavardaient en se tournant le dos. Plus question de chantier, de bétonnière ; elle était cassée, tant mieux. Au diable cette poussière de damnés ! Un peu inquiets qu'elle ne revienne pas, mais le matin, lorsque tout est possible, légers comme deux hommes qui attendent une pluie d'or. Était-elle jolie ? Ils n'auraient su le dire, tant elle avait sur eux déferlé.

— C'est drôle, dit Lucien, je l'imaginais laide, sans doute à cause du sang.

— Moi aussi, parce qu'on pense toujours que ce sont les plus laids qui se tuent et les pauvres. Si on m'avait dit que cette fille venait de s'ouvrir la tête... Elle n'en a pas soufflé mot. Tu crois à un chagrin d'amour ?

Dix jours plus tard ils étaient toujours là, Pierrot était allé chez le coiffeur, s'était acheté des camarguaises, Lucien une chemise de flanelle grise. De leur Apparition, plus trace. Comme toujours c'est Pierrot qui perdit patience, ils n'avaient pas trouvé Loiseau dans l'annuaire.

— Bon sang ! Si au moins elle nous voyait comme ça ! Nous étions couverts de ciment et elle l'a dit, le grenier est sinistre, elle serait folle de revenir, même les immigrés ne vivraient pas dans cette turne. Il nous faut des meubles, Lulu, on a l'air de quoi avec notre porte pendue au plafond et le matelas par terre, rien pour s'asseoir. Ça n'est pourtant pas la mer à boire une table et trois fauteuils.

Il tournait plus vite que six épagneuls dans un chenil la veille de l'ouverture de la chasse.

— Si on se meuble, Pierrot, c'est aujourd'hui qu'il faut se remettre au boulot, tu n'as pas vu le prix de quatre malheureuses planches de pin.

— Le prix, le prix ! Qui te parle d'acheter des meubles. La ville en regorge de meubles, les gens ne peuvent plus bouger et dans les résidences secondaires les vers crèvent d'indigestion.

Ah ! la la ! Lucien le voyait venir. Il dit :

— D'accord, d'accord, elle est ravissante cette gamine, mais si tu crois qu'aux Baumettes on sera bien meublés.

Ce n'était pas la première fois que Pierrot lui faisait le coup ; face au travail ils avaient toujours un peu renâclé, mais Lucien sentit ce jour-là qu'il s'agissait de tout autre chose.

— Bon, accouche ! lui dit-il, c'est la B.N.P. ?

Un lutin espiègle cingla l'œil gauche du flambeur, l'autre attendait pour sourire que Lucien fût calmé.

— Le mas de Dubos, fit-il posément.

— Qui, le secrétaire d'État ?... Et alors ?

— Celui où nous avons refait la cheminée, il n'est là qu'au moins d'août et encore.

Lucien ne put répliquer grand-chose, il avait lui-même pensé quelquefois à cambrioler cette maison, si tentante, si isolée, plus comme on se fait un film pour s'endormir que dans le but de la vider vraiment ; mais surtout il sentit qu'à cet instant la voix d'Alice, qui n'avait pas cessé de chanter dans sa tête depuis la grande nuit, entrouvrait pour lui la porte séduisante de la facilité.

Il aurait dû claquer cette porte et tourner les talons, il se contenta de se refermer comme une huître. C'est le moment que Pierrot choisit pour le piquer.

— Avoir peur, c'est ne pas semer à cause des oiseaux, Lucien !

Celui-ci se retourna sans trop comprendre.

— C'est un jeu de mots par rapport à Alice ?

— Pas du tout, j'ai lu ça hier soir dans un roman de Miller, ça te ressemble assez.

Il ne pouvait lire que les Américains, tous les autres le barbaient. Il les abandonnait à la vingtième page et inévitablement il disait : « Non, là je ne comprends pas, franchement je ne comprends pas ! Comment peut-on écrire des choses aussi débiles ! Mais ils n'ont jamais mis le nez dehors ces types-là, même quand ils ont faim on dirait qu'ils sortent de table ; s'ils font l'amour il faut relire trois fois le chapitre pour commencer à comprendre qu'ils vont défaire leur cravate. » Lucien l'avait même surpris à sauter chez Miller des dizaines de pages, celles sans doute où l'écrivain devient mystique et parle de l'âme humaine chez Dostoïevski.

— Alors tu crois que j'ai peur ? Mais tu ne vois pas que depuis quinze jours tu es amoureux d'un fantôme ! Tu n'en as pas assez vu de fantômes en prison pendant un an !

C'est parce qu'ils étaient amoureux du même fantôme qu'ils se retrouvèrent sur le coup de minuit rôdant dans les ruelles à la recherche d'une estafette Renault. C'étaient les seules à ne pas être munies de clefs de contact, il suffisait de tourner un bouton.

Ils tournèrent après avoir fait jouer latéralement la vitre de la cabine, côté chauffeur, celui d'un tapissier en meubles qu'ils saluaient chaque jour chez Gaby ou dans la rue un fauteuil sur la tête. Flambant neuf le véhicule sentait le plastique et le skaï. Ils sortirent de la ville par un dédale de venelles où les rondes de police ne s'aventuraient guère, plus à cause des manœuvres scabreuses que des coups de rasoir.

La campagne était aussi déserte que la ville ; quelques chats une seconde pétrifiés par les phares, qui bondissent sur un portail, s'enfilent sous une haie. Pierrot conduisait, il dit :

— J'espère que depuis l'an dernier il n'aura pas mis un gardien ? On aurait peut-être dû aller jeter un œil en plein jour.

Ce que Lucien lui avait dit sur la prison commençait à prendre corps ; montait à son nez, à présent, l'odeur de soupe et de latrines.

— Avoir peur, ricana ce dernier qui tenait à la main un pied-de-biche, c'est ne pas manger les oiseaux à cause des récoltes traitées. Proverbe oriental !

Le rire jaune de Pierrot se mêla à la lueur verte du tableau de bord. Il leva un peu le pied. Le lieu où ils se rendaient n'était pas assez éloigné de la ville pour que le souvenir douloureux achève le travail de Lucien. Le fantôme d'Alice fut plus fort que celui des latrines, bientôt leurs phares balayèrent au fond d'un vallon la tache plus claire du mas sous des pins noirs d'Autriche.

Ils se glissèrent dans un chemin de terre, à l'abri des feuillages, et sans un mot, à pas de loup, ils s'approchèrent.

Trop de signes d'abandon sur le seuil, dans le parc, écartèrent l'idée d'un gardien, à moins qu'il ne fût d'une paresse...

La porte céda dans un soupir de convivialité. Sobrement meublée, comme beaucoup de maisons de campagne, celle-ci offrait, comparée à leur dénuement, un choix étourdissant. Le faisceau lumineux de leur torche caressa chaque meuble sous sa poussière de soie, un simple coup de doigt en dévoilait le miroir nocturne. Pendant que Lucien furetait dans les tiroirs et le fond des armoires, Pierrot courut chercher la camionnette.

Moins d'une heure plus tard ils se faufilaient dans la ville par le même chemin qu'ils avaient emprunté à l'aller et après avoir épié chaque fenêtre, porche et coin de rue, ils charrièrent là-haut, chez eux, tout ce qu'ils avaient pu entasser dans le fourgon du tapissier. En nage, ils le garèrent où ils l'avaient trouvé ; ils n'avaient pas croisé âme qui vive. Il ne leur restait plus qu'à emménager : une table ovale en noyer, une commode Louis-Philippe dont ils avaient abandonné le marbre, un petit guéridon en fonte qui avait dû faire son temps dans un bistrot, un miroir en bois doré, un cachemire si vaste qu'il recouvrit tout un mur, un minuscule canapé rouge et une lampe d'albâtre dont le pied orné de deux oiseaux était surmonté d'une vasque.

Comme la première fois, ils ne l'entendirent pas entrer ; son rire éclata pareillement et ils sursautèrent. Lucien était en train de déplacer ses livres afin de caser la commode.

— On dirait que le divin marquis a regagné son château de Lacoste ! lança-t-elle.

Ses seins gonflaient gracieusement le décolleté bateau d'une robe noire qui dessinait au millimètre près son corps jusqu'au-dessus du genou.

— Tenez, Lucien, vous voulez bien l'ouvrir ? Je la casserais volontiers contre un mur mais je meurs de soif !

Elle lui tendait une bouteille de champagne dans sa boîte rouge sombre et or.

— Comment faites-vous pour toujours nous surprendre ? On ne vous entend pas venir, balbutia Pierrot, paralysé à l'idée qu'elle pût comprendre la raison de cet aménagement subit.

Le bouchon sauta, et Lucien baptisa malgré lui une partie des meubles et Alice. Elle poussa un cri joyeux et ils se sentirent mieux.

— Vous êtes plus à l'aise dans la forêt que dans les salons, le taquina-t-elle si gentiment qu'il ne rougit pas.

Quelques minutes plus tard ils roulaient vers Cassis. Alice choisit un restaurant sur le port, à deux pas de l'eau où se reflétaient les devantures multicolores et la lumière rosée des réverbères. Elle commanda du saumon frais, du blanc d'Alsace ; eux deux du bourgogne et sans doute une viande.

— Ah ! Vous n'imaginez pas comme je respire, dit-elle, assise face à eux tout près de la baie vitrée qui donnait sur la mer, je viens de travailler huit jours dans une librairie, blouse bleue obligatoire et interdiction de fumer, vous vous rendez compte ! Ça m'aurait plu d'être libraire, j'adore tripoter les livres, les faire claquer, lire une page ici, une autre là, l'odeur excitante de l'encre sur le papier qui sent la poussière... Je n'ai fait que transporter des cartons bourrés de livres, des tonnes de cartons, j'ai mal aux reins ! On ne se rend pas compte des montagnes de bouquins qui arrivent chaque jour et presque autant qui repartent d'ailleurs, il y avait même des colis que je devais monter au troisième étage !... C'est la première fois de ma vie qu'en huit jours je n'ai pas lu une seule ligne. C'est un comble dans une librairie !

Elle posa son verre de blanc et goûta le bourgogne.

— Mais comment faites-vous pour boire ça ? C'est une honte, il est complètement bouchonné ! Garçon, s'il vous plaît !

Celui-ci s'approcha.

— Ce vin est imbuvable !

— Ces messieurs ont presque fini la bouteille, osa le garçon soudainement raidi.

— N'empêche qu'il est exécrable ! Goûtez-le donc !

— Je vais voir ce que je peux faire, dit-il, emportant la bouteille.

Presque immédiatement il revint.

— Vous avez raison, il a un petit goût, voulez-vous essayer celui-ci ?...

— Je vous remercie, c'est parfait, dit Alice après y avoir trempé ses lèvres.

Il esquissa une courbette et s'éloigna sans ciller.

— L'autre aussi était parfait, leur chuchota-t-elle, mais la bouteille était presque vide.

Ils partirent ensemble d'un grand fou rire.

— Vous allez continuer dans cette librairie ? lui demanda Pierrot lorsqu'ils se furent calmés.

— Vous voulez voir mes pieds ? lui rétorqua-t-elle sur un ton de révolte. Je vais me fourrer pendant trois jours dans mon lit avec une pile d'Agatha Christie, voilà ce que je vais faire ! Si je retourne un jour dans une librairie ce sera pour feuilleter des livres, pas pour en charrier !

Elle se tourna alors vers la vitre où grâce à la nuit son visage se reflétait, et se fit à elle-même une bien jolie moue, légèrement elle avança ses lèvres comme pour se lancer un baiser, soudain ses yeux furent voluptueux. Était-ce la pensée de son lit ? Celle d'Agatha Christie ? Peut-être l'association des deux lui procurait-elle cette adorable langueur. Un instant, le regard perdu vers la nuit, elle parut les avoir oubliés.

— Moi je préfère Chase, dit Pierrot, on ne s'ennuie jamais, c'est rapide et violent.

— *Eva*, oui, c'est un beau livre.

Alice revenait vers eux.

— Celui qui lui ressemble le moins, les autres sont tous pareils : blondes incendiaires, chantages, engrenage infernal. Dans *Eva* il ne se passe presque rien et pourtant, quel charme...

Elle tira de son paquet de cigarettes une Dunhill bleue, chercha des yeux du feu sur la table. Pierrot lui tendit son briquet. Lucien n'en avait jamais eu, il ne fumait pas.

— J'aime beaucoup William Irish, ajouta-t-elle, aspirant une première bouffée, c'est si mystérieux ; j'ai dans ma chambre les trois cents premiers numéros de la Série Noire, la vraie, celle de Duhamel, il y a quelques années je voulais toute la collection. Il faudrait passer sa vie à chercher... Et vous Lucien, que lisez-vous ?... C'est drôle quand je vous vois je pense qu'en temps de guerre vous seriez un collabo, sans doute à cause de Lacombe Lucien. Je n'en avais jamais connu avant vous... Elle eut un rire bref. De Lucien bien sûr, pas de collabo.

Dès qu'elle lui adressait directement la parole, il sentait s'éveiller sa nature inquiète et, lui qui aurait aimé lui parler toute la nuit de ses lectures, butait sur chaque mot.

— Vous avez raison, ses livres et son petit confort, il serait certainement collabo, le charria Pierrot.

Depuis le début de la soirée son regard ne s'était pas détaché d'elle et comme il avait un beau visage de gitan Lucien lui trouva des yeux d'Andalou qui écoute du flamenco.

Transpercé lui-même par la lumière d'Alice il savait exactement ce que son ami éprouvait, il savait aussi que sans elle, désormais, ils se seraient ennuyés jusqu'au crime.

Elle parlait à présent sans attendre de réponse et sa voix rauque et un peu cassée lorsqu'elle était entrée dans le grenier devenait au fil de la nuit chaude et très mélodieuse. Comme la première fois Lucien remarqua qu'elle buvait beaucoup et le mélange champagne, blanc, bourgogne qui l'eût assommé produisait chez elle le plus délicieux effet. L'ivresse lui conférait un surcroît de grâce, sans rien écorner de son élégance naturelle et de son accent si distingué.

Son rire organisait tous les mouvements de la salle, les gens se tournaient vers leur table comme si on y eût déposé des mets d'un raffinement extraordinaire. Ils souriaient.

— Nous avons essayé de vous appeler, lui dit Pierrot, votre nom n'est pas dans l'annuaire.

— Vous ne risquiez pas de me trouver, j'habite chez ma tante.

Pierrot régla l'addition et ils sortirent. Comme d'habitude il laissa un service exorbitant, le contraire lui aurait fait honte. Coquetterie de voyou et de flambeur. Souvent Lucien le laissait se lever le premier afin d'en récupérer les trois quarts, parfois les garçons le surprenaient, il se hâtait vers la sortie leur regard noir planté dans le dos. « On est plus pauvres que vous ! » marmonnait-il pour trouver la force d'atteindre la porte.

Le petit port était désert. Tanguant légèrement elle s'avança vers l'eau, belle comme la nuit.

Ils longèrent le quai vers le phare, les derniers restaurants fermaient. Elle s'appuyait tantôt sur l'un, tantôt sur l'autre. Si le port tournait agréablement autour d'eux, Lucien sentit à sa façon de planter ses doigts dans ses épaules qu'elle traversait un Luna Park.

— Vous savez ce qui me ferait plaisir, mes

petits cochons, par-dessus tout ?... J'aimerais faire un voyage en barque... M'allonger dans une barque et voir le ciel courir... Allons, mes petits cochons, mes porcelets, mes gorets roses, chantonna-t-elle suspendue à leurs bras, emportez-moi au bord du ciel, emportez-moi au bord du monde...

Elle était beaucoup plus ivre que Lucien ne l'avait cru, sa voix chaude câlina son cou. Sa grâce était désespérante.

Tous trois enlacés, ils s'aventurèrent sur un ponton. Lucien sauta dans une barque que Pierrot retenait par sa corde et, tant bien que mal saisit Alice à qui le fou rire dérobait les dernières forces. Elle s'abattit sur lui et ils s'effondrèrent. Coincé sous elle au fond du bateau, les spasmes de son corps lui communiquèrent son rire, les mêmes convulsions, la même crampe, coupaient leur souffle et les clouaient au sol. Ils n'auraient pu remuer le petit doigt, plus aucun son ne sortait de leur bouche. Lucien connut le bonheur d'étouffer dans ses bras, le regard plein d'étoiles.

Pierrot avait détaché l'amarre et ils dérivaient, les rames étant attachées par une chaîne et un cadenas, il se servait d'un morceau de contreplaqué pour pagayer, un coup à droite, un coup à gauche. Le port, lorsqu'ils se relevèrent, était un halo rose qui frissonnait dans l'eau.

— Vous ramez comme un pied ! lui lança Alice. Donnez-moi ça et regardez !

— Restez là-bas ! Vous allez vous tremper, la planche ruisselle !

— Pfff ! fit-elle, si vous aviez fait autant d'aviron que moi !

Et elle s'empara de la planche.

C'est alors que, essayant de prendre sa place, elle fit un pas de côté et déséquilibra la barque. Ils la virent lever les deux bras vers le ciel comme pour crier victoire, et sans un mot, sans un cri, elle bascula en arrière, si lentement, si harmonieusement qu'ils étaient persuadés d'assister à une scène au ralenti dans un film, ou alors qu'elle simulait. Ses jambes passèrent par-dessus bord et elle disparut. Il n'y eut même pas de plouf tant la chute avait été facile, l'orbite de son corps parfaite. Elle n'avait même pas tenté de se raccrocher à la nuit.

Ils se précipitèrent au-dessus de l'eau noire au moment où la tache claire de ses cheveux réapparaissait. Ensemble ils les agrippèrent. Ils étaient très courts. Elle lança dès qu'elle put un tel cri de paon qu'ils faillirent de terreur la renfoncer dans l'eau. À hue et à dia ils la chargèrent à bord. Température de l'eau ou douleur du cuir chevelu, le paon cria de plus belle.

— Chau...ssures !...

Ses pieds étaient nus ; les escarpins devaient être en train de sombrer.

— Il faut enlever tout ça, lui dit Lucien, vous allez attraper une pneumonie.

— Chau...ssures !...

— D'accord, d'accord, chaussures ! Mais commence par retirer ça sinon tu ne passeras pas la nuit !

Disant cela Pierrot empoigna le bas de sa robe et entreprit de la faire coulisser vers le haut. L'autre lui vint en aide. Sa petite culotte leur coupa le souffle, d'un blanc qui les étonna tant était déjà claire la couleur de sa peau. Le triangle minuscule éclatait dans la nuit. Son ventre était glacé. Lucien attrapa ses bras et les tint relevés pendant que Pierrot s'acharnait à tirer le tissu. Elle était raide comme un piquet.

— Chau...ssures ! répéta-t-elle lorsque les seins surgirent.

Ils étaient nus et plus lourds que ne le laissait deviner sous l'étoffe un corps aussi gracile.

Pierrot ôta son pull et l'en étrilla pendant que son ami la tenait fermement afin qu'elle ne repasse pas par-dessus bord.

— Là, là, ça va aller, la rassurait-il en frottant comme un sourd, on va faire rougir jusqu'au sang cette peau de bébé.

Elle poussait de petits cris suffoqués, le

regard perdu. Il insistait beaucoup et Lucien le comprenait. Elle était entre leurs mains, là, sans défense, plus belle que cette odeur de mer et de nuit, plus belle que le ciel noir, plus douce que le brouillard rose qui estompait au loin la ville, plus fragile que cet esquif dérivant sous ce désert d'étoiles.

Elle tremblait toujours et Lucien mourait d'envie de lui mordre la bouche, de l'écraser entre ses bras, de réchauffer ce corps glacé à coups de langue, à coups de dents. Des oreilles à la plante des pieds en avalant au passage l'adorable culotte, hostie d'amour.

Presque à regret il la revêtit de son blouson de daim, vit disparaître au fil de la fermeture Éclair ses seins que le froid faisait de marbre. Ils firent glisser chacune de ses jambes dans une manche du pull-over qu'ils retinrent à la taille avec une ceinture.

Alors seulement ils explosèrent de rire car elle ressemblait ainsi à un de ces cavaliers arabes qui se jettent au galop en hurlant dans la fantasia. Elle éclata en sanglots. Le choc. Un instant plus tard elle riait avec eux.

Ils abandonnèrent leur bateau contre le premier embarcadère et, Alice entre eux, qui ne touchait plus terre, coururent la déposer sur la banquette arrière où, depuis son suicide, elle devait prendre l'habitude qu'on l'y installât.

Ils l'emmaillotèrent dans une couverture et démarrèrent. Quand leur voiture valsa souplement entre les lacets d'une route qui courait sous la voûte des pins, elle chanta :

J'ai la mémoire qui flanche
J'me souviens plus très bien
Comme il était très musicien
Il jouait beaucoup des mains...

Brusquement ils furent saisis : Jeanne Moreau était couchée derrière eux. C'était sa voix exactement, traînante, sensuelle, naïvement canaille. Ils n'osaient se retourner tant était magique l'illusion. Lucien ferma les yeux.

J'ai la mémoire qui flanche
J'me souviens plus très bien...

Alors seulement il revit la jolie moue qu'elle s'était adressée dans la vitre du restaurant, aussi précisément que la voix c'était la moue de Jeanne Moreau, une moue qui, enfant, au cinéma, lui avait fait connaître les premiers transports de l'amour. Il n'osait rouvrir les yeux. Étaient-ce encore les effets de l'alcool qui à son propre charme ajoutaient ceux de l'actrice.

Ainsi elle les berça jusqu'au grenier. Elle connaissait tout le répertoire : des chansons très connues, d'autres qu'ils n'avaient jamais entendues, toutes dégageaient la poétique insouciance des années 60. Les premiers livres de Rezvani, les films de Truffaut, un Solex qui file dans la campagne sous le ciel de juillet, les amours de quinze ans, une odeur de rivière et de vigne.

Elle leur demanda, pour mieux la réchauffer, de se blottir tous deux contre elle. Ils se fourrèrent donc dans le lit de Pierrot, sur le sommier. Elle avait gardé sa culotte et Lucien n'avait pas osé enlever son slip. Il se demandait ce qu'avait fait Pierrot, le premier à s'être enfilé sous les couvertures et qui les attendait en riant. Le trouble de Lucien était tel qu'il n'osait pas trop l'effleurer de peur qu'elle ne s'en aperçoive. Les prenait-elle simplement pour des copains ? La position en chien de fusil le préservait un peu, il ne touchait sa peau que du genou et du bout des doigts. C'était déjà trop !

— Mettez vos pieds sur les miens, ils sont gelés, dit-elle d'une voix étouffée.

Il avança prudemment sa jambe et fut sidéré de rencontrer celle d'Alice si velue. Il comprit vite qu'il avait affaire à celle de Pierrot qui occupait la place. Celui-ci éteignit la lumière et ils eurent ensemble une nouvelle crise de rire. Lucien en profita pour gagner du terrain. Il en restait un peu. Il avait l'intention de poser délicatement sa tête dans le cou de la jeune femme mais se heurta à un paquet de muscles. Pierrot était sur elle, entièrement. Leur rire cessa et à un bruit de succion il sut qu'ils s'embrassaient.

Il y eut alors dans les draps un raffut de tous les diables, la literie s'envola et Lucien se retrouva nu comme un ver. Le sommier se mit à avancer par à-coups à travers la pièce et il dut s'accrocher de tous ses ongles pour ne pas tomber. À chaque bond elle poussait un petit cri perçant. Pierrot beugla comme un âne et leur voyage cessa.

Tout recroquevillé Lucien attendit son tour en retenant son souffle. Le leur était bestial. À une faible lueur de lune il vit qu'ils avaient traversé en largeur le grenier. Pour leur rappeler sa présence il dit :

— Hé ! Pierrot ! Tu pourrais me passer un peu les couvertures, il fait un froid de canard...

Seul leur souffle, à présent régulier, emplissait la pièce. Il attendit encore un moment afin de ne pas déranger l'agréable torpeur qui suit le plaisir. Le froid et l'incertitude avaient anéanti son désir.

— Alice..., tenta-t-il, tu ne sais pas où sont passées les couvertures ?

Silence.

— Alice ! J'ai froid !...

Rien. Ils dormaient, les salauds.

À quatre pattes il retrouva son matelas par

terre, se glissa entre les draps et tendit l'oreille. Il dut la tendre longtemps car lorsque l'aube recomposa lentement le grenier il la tendait toujours. Il vit apparaître à sa droite une boule de couvertures d'où sortaient plusieurs jambes. Ils ne sentaient même pas le froid tant du fond de leur sommeil ils devaient être heureux.

Il était bien midi quand un bruit de voix l'éveilla. Ils étaient assis dans leur lit, un plateau sur les genoux. Pierrot était descendu acheter des croissants et des brioches au beurre.

— Bonjour, Lucien, tu as bien dormi ? dit-elle le plus gentiment qu'elle put.

Elle portait l'une de ses chemises. Pierrot lui murmura quelque chose à l'oreille que Lucien ne comprit pas, elle haussa les épaules et se retint de pouffer. Leurs yeux, leurs mains, leurs voix, étaient possédés d'une telle fièvre qu'il ne répondit pas. Quelques heures plus tôt dans cette barque sous la lune ils étaient trois, maintenant la vie avait tranché, ils étaient deux.

Pierrot avait mis la cassette de *Midnight Express*, un film qu'il courait voir chaque fois qu'il repassait dans le coin, tous les jours il en écoutait, envoûté, la musique.

Sans souffler mot Lucien s'habilla. Il pensa que puisqu'il était seul il irait au cinéma. Sans la claquer, il referma la porte sur leurs yeux égarés de bonheur.

Le lendemain matin, elle partit, Pierrot lui dit :

— Il te reste de l'argent, à toi ?

— Peu.

— Moi je suis raide comme un passe-lacets.

Lucien imaginait ce qu'il avait dû faire encore comme fredaines, la veille, pour éblouir sa naïade.

— On pourrait vendre des châtaignes grillées, lui dit-il.

Il en avait acheté un cornet la veille en sortant du cinéma, les gens faisaient la queue.

— Des châtaignes ?... Taratata.

— Tu as une meilleure idée ?

Pierrot tordit sa bouche devant le miroir, ébouriffa sa chevelure plus mouvante et souple que l'eau.

— C'est pas les châtaignes, c'est moi que tu veux griller...

— Tu l'as dit, bouffi !

Il savait que Pierrot n'avait pas le choix.

Vers midi ils traversèrent Pierrefeu, des faces défoncées sur des corps tordus les regardèrent passer. Ici le village est une banlieue de l'asile. L'une de ces créatures à qui ils demandaient leur chemin leur répondit en sortant son unique dent qu'il avait mangé tous les épinards ; en secouant ses mains il éclata de rire puis ses pensées le reprirent et, songeur, il suça sa dent. Il avait dû vieillir dans ces rues battues de soleil et de vent, il y mourrait dans son treillis délavé, un sac en plastique à la main.

Juste après les barrières de l'asile le bronze noir des Maures boucha le ciel. C'est là qu'ils allaient.

Ils garèrent la voiture aux environs de Collobrières et par un chemin tigré de feuilles rousses s'enfoncèrent dans un bois qui embaumait le champignon. Des draps de brume se déchiraient au fond des combes sur l'or rouge des derniers feuillages. Au-dessus des clairières un ciel bleu rutilait. Quelques châtaignes pourrissaient dans leurs bogues là où les arbres avaient été nettoyés, partout ailleurs fougères et bruyères étaient impénétrables.

Après une heure de traque ils jetèrent les deux malheureux kilos de châtaignes qu'ils avaient dénichés avec des ruses de ramasseurs de truffes.

— On va aller au village, dit Pierrot, je crois qu'il y a une fabrique de marrons glacés, s'ils pouvaient nous en vendre cinquante ou cent kilos.

— Et ça ?

Lucien frottait sous les yeux de son ami son pouce contre son index.

— Avec le fric qu'il te reste ça devrait suffire.

C'est Lucien en partant qui avait fait le plein.

— Que je suis bête ! s'exclama-t-il, tu payes le champagne à Alice, moi les châtaignes. Dire que je n'y avais même pas pensé !

— Bon sang ! Tu n'as que ce mot à la bouche, Alice ! Alice ! Tu prononces ce nom avec des yeux !... Tu ne vas pas me dire que tu es jaloux, quand même ?

— Jaloux, moi ! Pense donc... On m'arrache les couvertures, on me pique mes chemises... Qu'est-ce que tu vois marqué là ?

Il désignait son front. Pierrot se détourna pour rire.

Ils laissèrent la 404 près de la fabrique et en firent le tour à pied. Dans une petite ruelle derrière qui faisait le chat au soleil ils trouvèrent une fenêtre ouverte, juste à hauteur d'homme. Ils se penchèrent à l'intérieur. Silence. « Viens ! » dit Pierrot, et il sauta dedans. L'autre le suivit.

C'était un entrepôt rempli de poussière, de balances, de vieilles couffes et de sacs. Ils s'enfoncèrent jusqu'au fond, la poussière veloutait leurs pas. Délicatement Pierrot tourna la poignée d'une porte, glissa un œil. « Nom de Dieu, chuchota-t-il, c'est bourré. » Ils superposèrent leurs têtes dans l'entrebâillement. Toujours personne. Des sacs grumeleux de châtaignes à en péter s'entassaient jusqu'au plafond. Sans réfléchir une seconde ils en attrapèrent deux chacun qu'ils charrièrent au trot jusqu'à la fenêtre ; ils firent le voyage trois fois.

— Ça suffit, dit Lucien, il y en a pour un régiment.

Ils repassèrent par la fenêtre, tout aussi lentement, et mine de rien ils allèrent chercher la voiture. La ruelle somnolait toujours, le village semblait mort. En un tour de main ils remplirent le coffre et le siège arrière et quittèrent ce village où pas un chien, pas une âme n'avait bougé. Un vrai village de Provence à trois heures de l'après-midi.

— La chance tourne ! La chance tourne ! hurla le joueur de poker tapant à deux mains sur le volant. Maintenant qu'on connaît la bonne auberge c'est l'enfance de l'art ! À nous la bamboula !

Les troncs calcinés des pins et chênes-lièges sur leurs collines de cendre en étaient comme rajeunis et le soleil plus vieux de quelques heures leur parut matinal.

Lucien retrouva l'ami des jours noirs et des bosses de rire, celui avec qui, par monts et par vaux, il avait écumé de la Camargue aux contreforts des Alpes chaque bourg, chaque hameau en quête d'un larcin ou d'un travail facile ; brusquement il oubliait cette nuit où pour la première fois Pierrot lui avait volé une femme, malgré les dizaines qu'il avait déjà soufflées sous son nez mais qui comptaient pour du beurre.

Deux ou trois fois ils traversèrent la puanteur des fumées d'une décharge publique ; mêlées aux brumes d'automne elles faisaient du ciel un vaste brasier de soufre qui voilait le soleil posé en haut d'un champ. Chaque fois ils s'arrêtaient pour fouiller les détritus. Lorsqu'on n'a pas les moyens de l'oublier on surmonte toujours son dégoût ; c'est là seulement qu'on commence à donner des leçons à l'Enfer. Ces moyens ils ne les avaient pas.

Près de Brignoles ils tirèrent avec la manivelle, d'une mélasse de viandes liquides, d'os, de peaux de lapin et de cartons fondus, un chaudron vert de pourriture et un couvercle de poubelle en fer qui servirait de poêle à griller.

Une heure plus tard, avec un clou de charpentier, ils le criblèrent de trous. Pendant que Pierrot récurait le métal à l'Ajax et à la paille de fer dans la fontaine en bas de chez eux, Lucien acheta un sac de charbon et des sachets en papier puis ils descendirent la bouteille de gaz du grenier. Ouf ! Ils étaient prêts. Restait le choix de l'emplacement. Devant le cinéma, impossible, l'endroit était déjà pris, le meilleur évidemment.

— Essayons à côté des bistrots, sur le boulevard, proposa Lucien.

— Tu es fou ! Tu veux me faire perdre la figure, je connais tout le monde !

— Je veux bien qu'on s'installe en rase campagne mais il faudra tout manger nous-mêmes.

— Allons voir du côté du Monoprix, jusqu'à huit heures il y a du passage.

Ils transportèrent en voiture tout leur barda. Au moment de déballer Pierrot s'étrangla.

— Non, non, pas là, c'est impossible, le directeur va nous virer !

Lucien voyait bien que c'était la honte qui l'empêchait de mettre un pied dehors.

— Je te croyais quand même plus gonflé que ça, lui dit-il pour le piquer, ils comptent tant que ça pour toi ces gens ?

— Mais qu'est-ce que tu vas chercher ! s'emporta l'autre. Je m'en fous de ces minables, ils n'existent même pas ! Regarde, ils commencent à accélérer pour ne pas rater la météo.

— Oui, mais si on attend encore un peu ils seront tous devant.

— Et si on essayait là-bas, c'est calme, on ne pourrait rien nous dire...

Il lui montrait une ruelle plus noire qu'un four, pas un chat n'y passait.

— Bon, ça va, lui dit Lucien, rentrons à la maison. Demain on cherchera un chantier et quand Alice viendra tu lui feras des châtaignes.

— Je ne veux pas dire au fond de la rue ! Juste à l'angle, là, on nous voit un peu et personne ne peut rien dire. Toi et ton Alice... Tu en rêves la nuit, ma parole !

Lucien le connaissait assez pour savoir que sans elle il y a belle lurette qu'il eût été installé à gueuler « Chauds ! Chauds ! » mais elle risquait de surgir...

Ils se disputèrent ainsi encore un bon moment, le Monoprix ferma ses portes de verre, éteignit les lumières du trottoir et ils restèrent silencieux dans la demi-pénombre de la voiture à regarder un clochard s'installer pour la nuit collé contre la vitrine, sous le ruissellement noir et pastel de sous-vêtements de femmes, la tiédeur rose du magasin dans les yeux.

— Regarde-le bien, Pierrot, dans dix ans on sucera comme lui un peu de lumière et de chaleur par-dessous les vitrines à cause de tes coquetteries de dandy.

Il reçut au visage le feu de ses yeux.

— Toi tu t'en fous, tu ne plais pas aux femmes ! Un peu plus un peu moins...

Ils rentrèrent au grenier dans un silence de tombe. Lucien mit une cassette de Dire Straits, cette musique un peu planante parvenait à le calmer de tout. Pierrot ouvrit le frigo, décapsula deux bières, lui en tendit une et s'assit face à lui. Glissant une gorgée dans sa bouche Lucien pensa : ça t'arracherait les lèvres de demander pardon, et il lui pardonna ses offenses.

Tard le lendemain Pierrot le réveilla, il vida sur son lit le contenu d'une valise qui ne leur appartenait pas.

— Regarde ! lui dit-il.

Ce n'était que hardes, chiffons, robes à fleurs de nos mères, pantalons de velours paysan à grosses côtes, châles au crochet. Le Secours catholique lui-même en aurait frémi.

— Tu t'es découvert une nouvelle passion, lui dit Lucien, les poubelles ?

— Quelqu'un les a jetés, j'ai trouvé ça en bas sous le porche, ça m'a donné une idée.

Préparant un chocolat il ajouta :

— On va se déguiser en couple de vieux, comme ça on pourra vendre les châtaignes où tu veux. Ni vu ni connu je t'embrouille !

— Et qui est-ce qui fera la vieille ?

— Toi, pardi ! Tu es plus petit ! répondit Pierrot comme à une question absurde.

L'autre en resta baba.

Il mit à le convaincre une telle fougue et leurs poches étaient si vides que Lucien se retrouva à cinq heures du soir déguisé en vieille avec ses chaudrons devant le Monoprix. Perplexes, les passants s'ameutèrent pour les regarder installer le matériel.

Ils évitèrent le flot trop cru de lumière. Pierrot était habillé de velours, un béret vissé jusqu'aux yeux, les joues légèrement noircies. Le second portait une robe à ramages rouges et verts sur fond noir qui couvrait ses chevilles, une veste en laine bleu roi et un fichu à fleurs noué sous le menton : une pointe de rouge à lèvres, une de noir sur les yeux.

Plus les badauds s'agglutinaient moins ils parvenaient à comprendre. Soit les deux créatures descendaient directement des hautes terres où plus personne ne vit, soit ils sortaient tout droit de l'asile. Dans un cas comme dans l'autre ça les passionnait.

En attendant les marrons rôtissaient. Ils ne firent qu'une bouchée de leur première fournée, partout des mains réclamaient. À cela deux raisons. Primo : leurs châtaignes étaient deux fois plus grosses que celles du cinéma puisque destinées à devenir marrons glacés. Secundo : ils les amusaient énormément. Leur parvenaient des rires contenus, des plaisanteries étouffées ; cela ne réussissait qu'à attirer toujours et encore plus de monde. En une demi-heure ils furent submergés. Ils ajoutaient du charbon, tisonnaient, les châtaignes éclataient. D'intense plaisir ils se frottaient les mains au-dessus de la braise, la foule poussa de plus belle.

Alors, au plus fort de la cohue, comme exalté par le succès, Lucien eut un éclair de génie ! Il se mit à engueuler Pierrot d'une voix de crécelle, d'une telle voix de vieille harpie que la foule d'un seul bloc explosa. Un rire énorme monta de la multitude. Il le menaçait en hurlant avec son écumoire sous prétexte qu'il lambinait. Comme le vieux faisait mine de se révolter, il lui en assena deux bons coups sur le béret.

— Feignant ! Couleuvre !

Ce fut le délire. Les gens faillirent leur renverser dessus braise et marrons. Ils ne tinrent plus tête, les cornets valsaient. Toute la soirée Lucien souffla l'hystérie, ponctuant sa crise de quelques bons coups d'écumoire sur le crâne du vieux : prends ça pour Alice ! marmonnait-il. Les clients aussi il les menaçait, ils adoraient ça.

Il se découvrit ce jour-là un tempérament d'acteur, lui si timide d'ordinaire, un peu sournois, peut-être n'était-il au fond qu'une vieille petite femme méchante.

Ce fut un véritable tabac ! Ils empochèrent en quelques heures ce qu'ils se seraient éreintés sur leurs chantiers à gagner en trois jours. Et ils avaient perdu beaucoup de clients à cause de l'attente entre deux fournées que leur pantomime ne suffisait pas à contenir.

Ils se dégrimèrent en vitesse, rangèrent l'arsenal et coururent dans le meilleur restaurant de la ville s'envoyer un de ces gueuletons...

Maintenant l'hiver était là, le vrai. Qu'il vente ou gèle à pierre fendre ils regagnaient chaque jour leur poste dans leurs accoutrements de vieux. Les soirs de mistral ils recevaient sur la tête des averses de feuilles craquantes qui allaient poncer le fond des rues, laissant les hauts rameaux des platanes plonger leurs fourches noires dans un ciel de sang.

Ce n'est pas, de loin, le meilleur temps pour les marrons grillés, les passants s'engouffrent dans les impasses aussi vite que les feuilles. Un immense aspirateur pompe la ville. Si leurs mains rôtissaient, ils tapaient le trottoir avec leurs pieds en marbre, le ventre collé au chaudron. Non, le meilleur temps pour la châtaigne c'est un ciel de Noël, un ciel sourd comme un plafond de cave. Vers trois, quatre heures lorsque le soir déjà cendre les façades. Ni vent ni pluie, un temps à plaquer son nez contre chaque vitrine, la main chaudement enfouie dans le cornet de marrons. Ah ! la la ! Ces soirs bénis, pour eux quelle apothéose !

Bien qu'ils aient scruté, tous les jours, la profondeur des boulevards, aucune silhouette n'évoqua celle d'Alice, ou bien toutes, au loin, l'espace d'une vision. C'était dans l'iris de leur œil. Je dis « leur » car même après cette nuit où les soupirs de l'amour avaient exclu Lucien, dès le matin il l'espérait. Pierrot n'espérait qu'une chose : qu'elle ne le vît pas dans ce ridicule attifement, mais aucune de ses pensées ne s'écartait d'elle. Leur imagination flambait au même soleil.

Ils l'aperçurent un après-midi à travers un paysage de neige. Le front dans sa main elle lisait derrière la grande vitre d'un café sur laquelle un traîneau tiré par un renne emportait le Père Noël dans une tourmente de flocons. Ses cheveux n'étaient plus blonds mais feu, pourtant ensemble ils l'avaient reconnue, chose étrange puisque sa main cachait tout le haut du visage. Ils poussèrent la porte et s'approchèrent d'elle par-derrière. Ils plaquèrent chacun une main sur ses yeux. Sans le moindre cri elle sursauta. Une seconde elle demeura figée ses doigts sur les leurs, puis elle dit :

— Pierrot et Lucien !

Abasourdis, ils se regardèrent.

— Comment as-tu deviné ? lui demandèrent-ils ensemble, s'asseyant près d'elle.

— À vos mains, répondit-elle soudain rayonnante, elles sont plus rugueuses que les autres.

— Oui, mais j'aurais pu être seul ou Lucien.

— L'une était chaude, l'autre glacée... Je ne sais pas, en allumant ma première cigarette j'ai su que je vous verrais aujourd'hui.

La chaude était celle de Lucien, il en fut heureux, elle était restée tout le temps qu'ils marchaient dans le fond de sa poche.

— Tu aurais pu venir nous dire bonjour, lui dit Pierrot, un petit bisou en coup de vent ça fait toujours plaisir.

— Je suis passée un jour, il n'y avait personne et puis...

Elle hésita, baissa les paupières.

— J'avais un peu honte, j'ai tellement bu l'autre soir, j'avais peur que vous pensiez...

— Tous nous avons bu ! l'aida-t-il, c'est pour ça que la nuit a été fantastique.

Furtivement elle jeta un regard à Lucien.

— Hein, professeur ? Cette promenade en barque ? fit-il pour que son ami le soutienne.

— Je ne sais pas, hasarda celui-ci, j'avais tant bu moi-même.

Jusqu'à ce que la nuit lentement éteigne le paysage de neige ils bavardèrent autour de quelques bières. Tant pis pour les marrons grillés ; ils étaient si bien.

— Et qu'est-ce que vous diriez d'un petit tour au casino de Bandol ? lança Pierrot.

— Oh ! Oui oui oui ! battit-elle des mains, j'adore les casinos !... Comme ça ?...

Elle montrait ses vêtements.

— Bien sûr, dit-il, tu es ravissante.

Elle fouilla dans son sac, en tira un bâton de rouge, avança ses lèvres qu'elle piqua d'une pointe vermeille face à la vitrine noire. Ses yeux sombres y étincelaient de joie.

Ils se garèrent sur la plage devant le casino rose et jaune qui découpait les ténèbres du ciel et de la mer.

À l'entrée on ne demanda qu'à Alice sa carte d'identité, eux figuraient déjà dans les fichiers, une fois ou deux ils étaient venus là.

Ils changèrent mille francs en jetons de plusieurs couleurs et pénétrèrent dans la salle immense de la roulette. Un lac de fumée croisait doucement au plafond.

— Tiens, lui dit Pierrot, c'est toi qui vas jouer la première, ça nous portera chance.

Il lui remplit les mains de jetons.

— Je n'ai joué que quelques fois, je... je ne sais pas si...

Elle était ravie, troublée.

— Justement ! Le hasard ne te connaît pas, tu vas le surprendre.

Elle observa un moment les mouvements de la table puis se lança : elle joua finale 6 et 7 par 50 francs. Lucien en eut le souffle coupé, pour un premier coup c'était énorme.

Le croupier lança la bille. Il n'y eut plus qu'un seul regard, qu'un seul silence. La bille ralentit, oscilla, tomba dans un trou, remonta, se tint en équilibre au bord du vide un instant, chuta de nouveau et comme une folle bondit et courut trois trous plus loin où elle s'accroupit dans son nid.

— Gagné ! cria-t-elle mordant son poing.

Le croupier poussa vers elle le gain, et le cœur de Lucien repartit. Ils comptèrent ensemble : 1 750 francs. Sans plus regarder elle se plaqua contre la table, rejoua aussitôt finale 7 par 100 francs ; elle misa trois jetons.

Le croupier relança la bille : elle reprit sa

course rapide, caressa quelques trous, en flaira un plus longuement, repartit déçue chercher fortune ailleurs. Dans le dos d'Alice, Lucien ne bougeait plus. La boule erra au hasard sans force, fléchit, se redressa et, comme il allait tomber par terre épuisé, elle s'abattit dans le 7.

— Encore gagné ! Étouffa-t-elle sur son poing.

Trois heures plus tard ils étaient ratiboisés.

Ça n'empêcha pas Alice et son flambeur en rentrant de siffler une bouteille de gros-plant, d'enfumer toute la pièce et d'effectuer leur croisière à travers le grenier. Le sommier passa près de Lucien dans l'obscurité, mû par d'étranges cris.

Le lendemain matin Alice lui demanda s'il ne voulait pas faire quelques courses avec elle, le frigo était vraiment triste.

Les grandes surfaces sont à la sortie de la ville. Ils prirent donc la voiture. Après avoir fait le tour du supermarché en jetant dans le chariot friandises et alcools, le regard d'Alice accrocha le rayon des sous-vêtements féminins. Beaucoup étaient noirs, très peu de blancs et de roses. Elle les ébouriffa, les chiffonna, s'y ensevelit à moitié, en dépendit quelques-uns, y déposa son menton, s'en câlina les joues, en plaqua certains sur sa poitrine. Tout ça chatoyait dans ses doigts et Lucien imaginait ce que ce serait sur son corps.

— Tu ne le trouves pas adorable ?

Elle lui montrait un bustier en fin velours noir fermé dans le dos par des agrafes et qui devait laisser nu tout le ventre et le nombril.

— Il t'irait très bien.

— Fourre-le dans ton blouson, dit-elle le lui lançant.

— Quoi ?

— Eh bien, glisse-le dans ta poche !

— Mais... On est plus filmés que Depardieu, il y a des caméras partout.

— Pfff, fit-elle haussant les épaules et les yeux, la plupart sont là pour dissuader, gros malin.

— Comment sais-tu ça ?

— Je n'ai pas travaillé qu'une semaine dans une librairie, personne ne me nourrit moi non plus !

— Attends-moi ici, dit-il, je vais essayer de trouver un coin tranquille.

Il posa le bustier dans le caddie et s'éloigna. Entre les cahiers et les balles de tennis l'endroit n'était pas mal, peu de monde, pas de caméra. À deux pas de là il trouva encore mieux, sous deux falaises de pâtées et litières pour chiens et chats. On ne vole pas du Pal ou cinq kilos de brisures de riz. Il fit semblant de se moucher dans le bustier et hop... Dans la poche intérieure de son blouson de daim.

Il la retrouva tenant une immense brassée de soutiens-gorge, culottes, nuisettes et autres fanfreluches.

— Pour une fois qu'ils ont des articles ravissants, profitons-en. Tiens, remplis ton blouson !

Et elle jeta sa gerbe noire dans le caddie. Il était abasourdi.

— Mais Alice... Je n'ai plus de place.

— Bourre ta chemise et ferme ton blouson ! Tu as le droit d'avoir un peu de ventre tout de même !

Elle lui parlait avec des yeux si innocents qu'elle aurait pu dire : tu ne vas pas sortir sans cache-nez, Lucien, avec le froid qu'il fait ! Il avait la sensation qu'elle s'occupait de lui. Pierrot à ma place n'aurait pas hésité un instant, pensa-t-il. Roulette russe. La bouche d'Alice était plus douce et fraîche qu'une pêche que l'on vient de peler.

— Va m'attendre à la voiture, lui dit-il, ce n'est pas la peine de prendre les risques à deux.

Elle posa un baiser sur le coin de sa bouche ; à la seconde où ses lèvres touchèrent les siennes, son regard se troubla. Il la regarda s'éloigner vers la lumière. Un vendeur de coquillages sur le parking s'immobilisa, une bourriche d'huîtres à la main pour la suivre des yeux. Lucien manœuvra son chariot et regagna le coin des bêtes.

Il dut d'abord, l'air de rien, décrocher chaque sous-vêtement de son petit cintre en plastique blanc ou bleu qu'il jeta à mesure dans le Royal Canin, puis il bourra tant qu'il put sa chemise comme elle le lui avait dit. De temps en temps quelqu'un passait et il s'intéressait au Fido. Dès que le client avait tourné le coin de la gondole il enfournait. Quand tout eut disparu, il remonta jusqu'au cou sa fermeture Éclair et s'avança vers la sortie. De loin il voyait briller les caisses comme dans un film les casques allemands sur la ligne de démarcation.

Son cœur se livrait à quelques belles excentricités ; la peur bien sûr mais aussi ces dessous qui touchaient sa peau et qui tout à l'heure caresseraient celle d'Alice.

Il déchargea sa marchandise sur le tapis roulant, des boîtes lui échappèrent, il creva un paquet de riz, rattrapa de justesse un rosé de Bandol qui refusait le sac en plastique, fit une grimace à la caissière pour excuser ses mains devenues soudain indépendantes et folles ; frénétiques, elles voletaient autour de lui et il n'y pouvait rien. Il remplit un chèque alors qu'une voix hurlait « Seulement la signature ! ». Au moment où il se redressa un homme en uniforme lui cacha le parking.

— Vous voulez bien me suivre !

— Heu..., fit-il hébété.

— Laissez votre chariot ici !

Et voilà. Ça y était. Tout le monde le regardait. Il sentit que son sang allait gicler par l'oreille gauche, il la boucha.

Il suivit le surveillant jusque dans une pièce cachée derrière la lessive. Le béton des murs gardait l'empreinte du bois de coffrage. Le directeur l'attendait, il n'était pas beaucoup plus âgé que lui et ça n'arrangea pas sa honte.

— Videz votre chemise, dit celui-ci sans méchanceté.

Il le fit. Dieu sait s'il en sortit ! Il y en avait toujours. Un instant Lucien eut l'impression d'être un prestidigitateur. Il lut dans le regard des deux hommes que cette idée ne les avait pas effleurés, rien n'y évoquait l'émerveillement de l'enfance.

— C'est pour votre femme ?

— Non, je n'en ai pas, répondit-il.

Le directeur se tourna vers celui qui l'avait arrêté.

— Téléphonez à la police, si ça se trouve c'est un détraqué sexuel.

Puis à Lucien :

— Votre pantalon !

— Pardon ?

— Le pantalon !

— C'est le mien, articula-t-il.

— Encore heureux ! Baissez-le ! Avec ce que vous aviez dans la chemise...

Il défit sa ceinture. Ah ! la la ! C'était encore une chance, parfois il ne mettait même pas de slip.

Après l'avoir cherché du doigt sur une liste l'agent de sécurité composa le numéro.

— Attendez ! fit Lucien. C'était pour ma femme ! Je voulais lui faire une surprise pour son anniversaire mais je n'ai pas osé passer à la caisse avec ça.... Si on m'arrête aujourd'hui...

Le directeur fit un petit signe, l'autre reposa le récepteur.

— Que faites-vous dans la vie ? lui demanda-t-il.

— Je suis journaliste...

Il avait déjà fait le coup une fois ou deux en de pareilles situations et il avait remarqué que ça impressionnait beaucoup. Le gérant caressa sa joue de bas en haut, plusieurs fois, comme pour s'assurer que sa barbe ne poussait pas trop vite, puis il dit, désignant le petit tas noir sur son bureau :

— Vous payez, alors ?

— Bien sûr.

Une par une le surveillant chercha dans le tissu les étiquettes, les fit passer à son supérieur qui en tapait le prix sur sa calculette. Lucien s'empressa de remplir un chèque avant qu'il ne change d'idée. En le lui tendant il vit que sa braguette était toujours grande ouverte ; le sang remonta dans ses oreilles mais au point où il en était...

— La prochaine fois c'est le commissariat, énonça le directeur.

Lucien le remercia.

Il récupéra son caddie en détournant le plus possible la tête. Alice l'attendait adossée à la voiture, le visage vers le soleil, paupières baissées.

— Tout s'est bien passé ?

— Tout !

— Tu as été si long que je commençais à me faire du souci.

Elle ne s'aperçut même pas que les sous-vêtements étaient dans un sac, comme tout le reste. Elle était passée à autre chose. Il pensa à tout cet argent parti en fumée, une fumée qui avait tour à tour frôlé puis enfiévré son corps.

C'est une semaine plus tard qu'ils eurent affaire à la police et pour une tout autre raison. Un fourgon s'arrêta un soir contre le trottoir où ils étaient installés avec leur bazar ; deux flics en descendirent, un énorme, l'autre normal. Ils s'approchèrent et les scrutèrent un bon moment pour séparer les vessies des lanternes. Ils étaient toujours ce couple de vieux.

— On peut voir les autorisations, dit le gros.

— Les autorisations ? répéta Lucien.

L'autre flic pouffa. Sans doute la voix d'homme sous le fichu à fleurs. Le gros le fusilla du regard. Il baissa la tête.

— Vous n'avez aucun papier pour ça ? reprit-il désignant le chaudron du menton.

Les deux amis se regardèrent.

— On ne savait pas qu'il fallait des papiers pour vendre quelques châtaignes, dit Pierrot.

— Vous pensez que n'importe qui peut vendre n'importe quoi comme ça... Vous imaginez la ville ?

— Vous savez, monsieur l'Agent, nous allons faire ça encore quelques jours... Pour ce qu'on gagne.

— Ça ne nous regarde pas ! Je veux des papiers en règle ou vous pliez bagage !

— Bon, bon, d'accord, dites-nous ce qu'il faut et nous ferons le nécessaire.

— Moi, tout ce que je veux c'est une autorisation de la mairie avec l'emplacement.

— Il suffit de demander à la mairie ?

— Je crois que c'est un peu plus compliqué, dit celui qui avait pouffé et qui maintenant se tenait à carreau devant son chef, il faut être affilié à une chambre de commerce, alors la mairie peut vous délivrer une autorisation et vous payez des droits de voirie.

— Mais ça va prendre un mois, se plaignit Pierrot, pour obtenir tout ça, l'hiver sera fini.

— Je ne veux rien savoir ! l'interrompit le gros. Si vous n'avez pas de papiers, vous pliez ! Je repasse dans une heure, si vous êtes encore là on embarque tout !

Ils remontèrent dans le fourgon qui démarra.

— Si c'est pas une honte ! dit Pierrot. Emmerder des pauvres types comme nous alors que les gros bonnets se la coulent douce ! Le fric ! Le fric ! Tourne vire il n'y a que ça ! Si on avait été pleins aux as et qu'on roule en Ferrari, c'est un immeuble qu'on construisait sur ce trottoir ! Tu m'entends, un immeuble ! Et ce plein de soupe se mettait au garde-à-vous pour surveiller le chantier... Tu te rends compte, trois malheureuses châtaignes... Je finirai par tirer dans le tas !...

La police avait attiré du monde, ils en profitèrent pour rôtir à toute allure encore quelques fournées. Remuant les marrons à grands coups d'écumoire ils râlaient, et les passants qui avaient assisté à la scène prirent plutôt parti pour eux. Pour une fois que des jeunes ne faisaient de mal à personne ça n'était pas la peine de les décourager. Depuis plusieurs semaines ils avaient de fidèles clients qui revenaient chaque soir. On les trouvait rigolos.

— On devrait s'installer dans les ruelles, suggéra Lucien, derrière le palais de Justice, les flics y passent rarement.

— Les gens aussi.

Ils s'y transportèrent malgré tout. Là, le halo blanchâtre des lampadaires suintait dans la nuit comme un œil crevé. Leur accoutrement tout de même, nouveau dans le quartier, attira dans ce dédale d'ombre quelques curieux ! surtout des gosses qui n'avaient pas le sou et à qui ils donnèrent un cornet en leur disant : « Amenez des clients, vous en aurez encore ! »

Ah ! C'était loin d'être l'apothéose qu'ils avaient vécue devant le Monoprix. Ils étaient comme deux acteurs qui ont connu les feux des plus grands théâtres et qui se retrouvent dans une salle moisie de banlieue, sans loges, pour une séance de dimanche après-midi où viendront peut-être quelques vieux.

— Tu as compris le coup ? dit Pierrot.

— Quel coup ?

— Les flics ! C'est l'autre enfoiré du

cinéma qui nous les a envoyés. Tu penses s'il la paye sa patente, lui ! Ça fait dix ans qu'il y est ! En plus on a dû lui dire que nos marrons étaient six fois plus beaux que les siens. Tu vois la crise ! Il doit être fou !

Il n'y avait pas une heure qu'ils étaient là à maugréer dans ce quartier ébréché de la ville, entre deux murs aveugles, lorsqu'ils virent ensemble se faufiler là-bas, d'un recoin à l'autre de nuit, le panier à salade. Il flairait tel un loup chaque puits de ténèbres.

— Attrape le chaudron, je prends le gaz et les châtaignes ! lança Pierrot.

La poêle dégringola et ils détalèrent dans un vacarme de ferraille et de cris. Oui, de cris, car les rares clients qui attendaient leur cornet en bavardant les avaient payés d'avance. Ne comprenant pas ce qui se passait, ils imaginaient sans doute que les deux loustics voulaient les voler. Quelqu'un s'agrippa à la robe de Lucien en pleine course et d'une voix d'épervier glapit :

— Rendez-moi mes sous ! Rendez-moi mes sous !

— Plus loin ! Plus loin ! brailla celui-ci.

— Mes sous ! Mes sous !

Au moment où les mains de Lucien lâchèrent le chaudron brûlant sa robe se fendit de haut en bas. Ils s'arrêtèrent aux confins d'un parking noir, sous un arbre ; ceux qui n'avaient pas abandonné haletaient comme eux. Plus de phares. Ils remboursèrent ces deux ou trois enragés et demeurèrent seuls sous l'arbre avec le gaz, tout le reste avait été semé.

— Nous voilà tranquilles pour les bains de mer, dit le joueur de poker, et ils s'assirent chacun d'un côté de la bouteille.

Ici l'automne attend Noël pour quitter ses pénates et aller rouler sa bosse on ne sait où, de l'autre côté de la mer. On dirait que les ruelles ont été conçues pour l'été, dès novembre le vent du nord vous y coupe le ventre, mais si on monte sur les toits vers onze heures, midi les tuiles sont plus chaudes que les chats.

Sur les toits ils y habitaient. Quand Lucien était seul au grenier, il mettait la cassette de Dire Straits, ouvrait le fenestron et s'allongeait sur les tuiles, un oreiller sous la tête et un livre à la main. Ces quelques jours furent délicieux. Plus de chantiers, plus de châtaignes. La vaste paix du ciel.

Le corps penché vers le sud il ouvrit pour la première fois *Le Journal du voleur*. Il lut : « Le vêtement des forçats est rayé rose et blanc. » La simplicité de ces quelques mots le foudroya, aussi violemment que lorsque dix ans plus tôt il avait ouvert *L'Étranger* sur un tombereau chargé de pastèques qui l'avait ramassé au bord d'un champ de tabac et qui s'avançait vers Istanbul. Il suffisait qu'il ouvre ce livre, des années plus tard, où qu'il soit, pour être bouleversé, et chaque fois, dès les premiers mots, il revoyait ces toitures sous un soleil d'hiver ; la rumeur lointaine de la ville n'entamait pas le silence de ce désert que les saisons ont cuit.

Parfois Alice et Pierrot rentraient ; il sautait dans le grenier et ils buvaient une bière ou un chocolat. Quelquefois elle dormait là et Lucien partait dès le matin dans les collines. Cela ne le dérangeait pas, il était dans la forêt comme sur les toits, le plus heureux des hommes. Il aimait chercher longtemps un coin où se musser pour sortir un livre qu'il tripotait au fond de sa poche depuis des heures ; un coin d'herbe sèche, les restes d'une bergerie. Tout ce qui regardait le soleil lui ressemblait. Il marchait des heures à la recherche de ces coins comme on cherche en rêve un lieu où faire l'amour avec une femme qui commence à se dévêtir et que sans cesse quelque chose dérange.

Dès qu'on quitte la ville on grimpe des pentes toujours vertes de pins, de petits chênes et de cistes, on arrive en haut trempé.

Si on a le malheur de plonger aussitôt dans l'ombre froide qui affronte le nord on en claque des dents. Là les chênes perdent leurs feuilles et les pins sont noirs. Même en juillet ça sent le buis humide et la souche pourrie.

Il suivait la crête par un chemin où l'on voit par endroits, creusés au fil des siècles dans la pierre, les sillons des roues en fer d'anciennes charrettes. La brume coulait dans les vallons où elle buvait la fumée des villages. D'autres hameaux, de loin en loin, ressemblaient à la colonne vertébrale d'un chien mort sur le flanc des collines.

Il allait encore plus haut, là où commencent les grandes cathédrales de cuivre. De temps en temps au fond d'une vallée il apercevait un petit rond de ciel, tout bleu. Un étang pour les bêtes.

Et toujours devant ses yeux, hantant cette splendeur, le visage d'Alice, un visage dont il n'arrivait pas à percer le mystère ; cet air si noble et si fragile à la fois, ces joies subites, sa voix, ce bonheur trop violent auquel personne ne résistait ; et soudain dans le regard une lassitude lointaine, presque désespérée, quelque chose qui mettait mal à l'aise et qu'on ne comprenait pas. Ce visage de sang et ce visage de rires. Qui était-elle donc ?

Certains jours il s'arrêtait pour lire, d'autres fois il la suivait. Elle était là, quelque part, dans la buée d'hiver, sans cesse il pensait à elle. Seule ou avec Pierrot pensait-elle quelques secondes à lui ?

Vers le couchant les montagnes devenaient violettes, il faisait demi-tour. Quand on lit dans un roman que les montagnes sont violettes on se dit : il y va un peu fort ! Eh bien non ! Ici elles le sont. Voilà pourquoi il attendait toujours pour rentrer que tombe le soir. C'est le rose du ciel sur le bleu des collines.

Lorsqu'il arrivait aux abords de la ville, la nuit touchait les jardins. Il regardait à travers les hampes séchées de roses trémières un homme nourrir un feu de broussailles et il avait l'impression que des bourgeons de flamme éclataient sur ces hautes tiges mortes. Quand le feu craquait comme une cagette qu'on piétine il savait que l'homme venait d'y jeter une branche de genêt.

Avec un lascar comme Pierrot la monnaie au fond des poches ne faisait pas long feu. Maintenant qu'il était acoquiné avec Alice... Il en demanda à Lucien.

Ils se retrouvèrent chez Gaby, comme tant de fois, devant un café et les offres d'emploi un matin, plus muets que deux catafalques.

Côte à côte, un stylo à la main, ils cochèrent les annonces.

« Entr. Bâtiment rech. urg. 5 maçons OHQ. »

Ils firent une toute petite croix pour voir si le stylo marchait.

« SMTR rech. chauffeurs Messagerie, écr. avec CV. »

— C'est pas mal ça, on se les gèle pas, dit Pierrot, seulement c'est à L'Estaque... Pas la porte à côté !

— Ça c'est encore mieux ! dit Lucien, « SMS recr. gardiens av. chiens, place stable, Fos, Salon et Marseille. »

— Où as-tu mis le chien ?

Il fit semblant de chercher sous la table.

— On peut toujours en capturer un dans les rues, un berger allemand qui ne soit pas tatoué, peut-être même à la fourrière.

— Oui, et quand tu ouvres la porte il saute à la gorge du directeur... Tu m'étonneras toujours, Lulu, tu as peur d'aller prendre deux casseroles et un coussin dans une maison vide et tu te présenterais avec un fauve dont tu ne connais même pas le nom.

Il hocha la tête de gauche à droite, haussant les coins de la bouche et les sourcils puis se replongea dans les offres.

— Autant se présenter là : « Bar la Crémaillère cherche hôtesses séduisantes, rue

Glandes. » Tu recouds ta robe des châtaignes et on y va... Tiens, écoute plutôt ça ! C'est du sur mesure pour nous : « Rech. 2 chauffeurs. Place stable pour travail livraisons, deux semaines de nuit, une semaine de jour. Aix-Marseille. Se présenter La Capelette. » Avec un peu de chance on bosse ensemble.

Ils notèrent l'adresse, réglèrent les cafés et en voiture Simone ! Des gouttes claquèrent sur le pare-brise, un ciel plombé décapitait tout le haut des collines, des nuées d'oiseaux ventre à terre fonçaient vers les premiers boqueteaux. Lucien regretta moins l'immense silence des toitures.

Pierrot attrapa sur le tableau de bord sa deuxième cassette de *Midnight Express*, l'autre ne quittait pas le grenier, et la glissa dans le lecteur. On pouvait à ce moment-là lui annoncer les pires extravagances, plus personne n'existait. Il était là-bas, quelque part dans les prisons turques, il connaissait pour chaque note son image précise. En scrutant bien de profil l'épaisseur trouble de sa rétine on aurait peut-être pu voir s'y dérouler la bobine.

Brutalement il écrasa la pédale de freins, la voiture fit une embardée sur les graviers du bas-côté et s'immobilisa de travers.

— Tu as vraiment envie d'avoir un patron sur le dos ? dit-il, les yeux plus près du

Bosphore que de ce coin de campagne où crépitait la pluie.

Quelle mouche l'avait piqué soudain ? À plusieurs reprises Lucien avait remarqué l'influence néfaste de cette musique obsédante sur son équilibre ; elle aggravait sa tendance immature.

— Tu as vu ce qu'on vient de passer ?

Lucien se retourna. De gros nuages noirs allaient percuter au fond des champs des fermes accroupies dans la boue.

— Des champs..., dit-il.

— Du cuivre ! articula-t-il comme s'il voyait de l'or.

Lucien eut beau fouiller tous les horizons, rien ne brillait dans ce déferlement de blanc souillé, d'anthracite et de noir.

Pierrot enclencha la marche arrière, se retourna et sur cent mètres, à toute allure, leur fit revoir le paysage. À la hauteur d'un vague chantier il pila.

— Et ça ! dit-il, ce sont des roues de chariots abandonnés par les Gaulois ?

C'étaient de grands tourets de bois près d'un monticule de sable.

— Tu vois ces espèces de tuyaux noirs enroulés ? Ça coûte une petite fortune. Ce sont des câbles de cuivre sous une gaine de caoutchouc. Ça appartient à l'E.D.F.

— Et alors ? Tu ne voudrais pas attacher sur le toit ces engins de torture ?

— Les roues, non ! Le cuivre.

Tel que Lucien le connaissait, l'entreprise de la petite annonce avait peu de chances de les compter parmi ses chauffeurs-livreurs à présent. Cinq minutes avant il s'en était douté : *Midnight Express*...

— Où est-ce que tu vas fourguer un truc pareil ?

— Chez le plus gros ferrailleur de la région, professeur ! dit-il, posant sa main droite sur la tête de son ami. Juste à la sortie de l'autoroute.

— Il va te demander d'où tu sors ça. Enlève ta main, on va encore vers les emmerdements !

— Je vais te dire quelque chose, Lulu, chaque jour un wagon entier de cuivre part pour l'Italie et d'où crois-tu qu'il vient ce cuivre, hein ?... Des pauvres types comme nous et surtout des gitans. Presque tous les ferrailleurs sont des truands, tu leur donnerais l'aumône et ils sont riches à milliards, bagnoles maquillées, trafic de cartes grises, motos volées. Avant de tomber sur le shit le rouge m'a nourri pendant un an, j'aurais dû continuer.

— C'est ton ferrailleur ?

— Qui ?

— Le rouge.

Il éclata de rire.

— Le rouge c'est le cuivre ! Oh ! Lulu, il faut sortir de temps en temps, il n'y a pas tout dans les livres !...

Il palpa ses poches, dit :

— Il te reste combien ?

Lucien vida les siennes.

— Vingt-six francs.

— C'est bon, je te paye à boire chez Gaby ! De toute façon il faut attendre la nuit.

Ils revinrent vers trois heures du matin avec une scie à métaux. Comme d'habitude ils dissimulèrent la voiture à quelques centaines de mètres du lieu des opérations. Ils avaient laissé la banquette arrière dans leur cage d'escalier afin d'avoir plus de place. La pluie avait cessé mais le ciel restait sans étoiles, des vaisseaux de brouillard glissaient dans les prés noirs. Au loin le fanal d'une ferme organisait ce port, une proue géante parfois l'éteignait. Il n'y avait plus alors que l'égouttement d'un arbre sur leurs têtes et pour briser leurs mains ces murailles de nuit.

Aveugle, Lucien allait à tâtons vers le beau métal rouge et de toutes ses forces il pensait à Genet. N'était-ce pas un peu à cause du *Jour-*

nal du voleur que si faiblement il s'était opposé à son ami, alors qu'une fois encore celui-ci menaçait de les envoyer en prison !

— Regarde où tu mets les pieds ! grogna Pierrot. Tu marches sur mes pantalons !

— Sors la lampe, il n'y a personne !

— Justement !

Les tourets étaient toujours là. Ils se mirent au travail. Pierrot déroula quelques mètres de ce tuyau si lourd et le scia.

— À mesure que je coupe, enroule les morceaux, dit-il, ce sera plus facile pour charger.

Il donnait l'impression d'avoir fait ça toute sa vie, aucun de ces gestes n'était superflu, parfois il s'interrompait, son oreille en deux secondes faisait le tour des horizons. Au bout d'un moment il ajouta :

— Tiens, à toi, j'ai l'épaule qui brûle.

En effet, après quelques longueurs celle de Lucien flamba aussi.

Trois fois des camions les interrompirent, malgré la brume ils les entendaient venir de très loin, ils s'écrasaient derrière le tas de sable. Chaque fois Lucien était sûr que les chauffeurs apercevaient leur manège mais ils passaient en rêvant. Depuis vingt ans qu'ils creusaient la pénombre des routes, la vie grouillante des fossés ne les concernait plus. Des terrains vagues de Skopje aux banlieues de Séville l'Europe est pleine de gitans qui tripotent la nuit. Quand le soleil frappe le Monténégro ils s'endorment dans leurs roulottes ; plus leurs mains sont noires, plus leurs rêves sont d'or.

La scie changea plusieurs fois de main puis Pierrot dit :

— Je crois que c'est bon, on ne pourra pas en rentrer plus. Coupe le dernier, je cours chercher la bagnole.

Ils eurent beaucoup de mal à tout caser ; Lucien en avait sous les fesses, sa tête touchait le plafond.

— Le plus long reste à faire, dit l'autre lorsqu'ils se traînèrent sur la route la caisse au ras du sol, le moteur au bord de la hernie. Maintenant il faut brûler.

— Brûler quoi ?

— Le caoutchouc... Si tu le livres comme ça on t'en donne une misère. Les ferrailleurs le veulent propre, c'est moins de risques et moins de travail pour eux.

— Tu veux brûler toute la gaine ?

— Eh oui, mon vieux ! C'est eux qui ont la monnaie on n'a pas le choix... C'est long mais pas très compliqué...

Il alluma une cigarette, en tira une longue bouffée, demanda :

— D'après toi, quel est le meilleur endroit pour faire du feu la nuit ?

— Un coin perdu dans la colline.

— Ça n'existe pas la nuit les coins perdus, un feu fait toujours peur, surtout dans la colline, encore plus la nuit. Non, il n'y a que dans le feu qu'on peut cacher un feu.

Lucien observa son profil ; que signifiait brusquement ce langage ésotérique.

— Tu commences à comprendre ?... Ah, non ! Remonte la vitre, on se gèle !

— Alors arrête de fumer, ça me donne mal au cœur !

Il tira une dernière bouffée et jeta sa cigarette ; cela ne le contrariait pas. Lucien ne l'avait jamais vu fumer une cigarette au-delà de la moitié. Il pensa que cette manie de jeter l'argent par les fenêtres lui éviterait peut-être un cancer.

— Tu ne vois toujours pas ?... Où peut-on dissimuler ses péchés mieux qu'au fin fond de l'enfer ?

La malice lançait dans son œil un léger feu follet. Il lâcha le volant pour taper sur la cuisse de son ami.

— À la décharge, professeur ! Dans les poubelles !... Ah ! la la ! décidément tout n'est pas dans les livres ! Si on comptait sur eux pour croûter...

Comment n'y avait-il pas pensé ? Bientôt ils prirent une petite route sur la droite qui filait à travers les pommiers, quelques chiens aux quatre coins de la nuit tentèrent de se rassurer, un lapin courut un bon moment dans leurs phares tout content de leur montrer lui-même le chemin. Enfin ils atteignirent les portes de l'enfer. Telles des hyènes, des fumées rôdaient d'une charogne à l'autre sous des peupliers gigantesques et nus. Derrière on entendait gronder la rivière gonflée par les pluies.

— Le coin idéal pour égorger tous les petits malins qui nous persécutent depuis la nuit des temps, dit Pierrot.

— Ou pour se faire zigouiller nous-mêmes. Avec une odeur pareille qui viendrait nous chercher là-dessous !

— Commence par décharger ! Tu n'es bon qu'à une chose, nous flanquer la pétoche !

Ils choisirent l'endroit le plus dissimulé entre deux monticules. Ils bataillèrent un bon moment pour allumer un feu, l'enfer était trempé jusqu'aux os. Ils vidèrent leur boîte à gants et les quelques chiffons qui traînaient sous les sièges. Quand les flammes furent aussi hautes qu'eux, ils y jetèrent les premiers tronçons. Très vite le caoutchouc se boursoufla, bouillit, coula sur les braises. Ils se penchèrent et le cuivre éclata comme un soleil sur un lac de feu.

Ils tirèrent dans la lumière et la chaleur un frigo sans porte et s'assirent dessus.

— On ferait mieux de vider la voiture, suggéra Lucien, si les gendarmes déboulent on pourra toujours expliquer que le câble était là, abandonné.

— Je ne crois pas que ça change grand-chose, peu de gens viennent pique-niquer dans les poubelles à trois heures du matin par un temps pareil. Ils seront bons pour nous nourrir six mois à la prison de Digne... J'y suis resté quelque temps avant mon transfert aux Baumettes, c'est ce qu'on peut espérer de mieux, les cellules sont souvent ouvertes, on joue aux cartes tant qu'on veut.

— Je me demande ce que nous foutons ici avec cette odeur, autant y aller tout de suite !

— Ne plaisante pas, j'ai connu un Espagnol qui avait tué sa femme à coups de hache, il en a pris pour dix ans. Quand je suis arrivé à Digne il avait tiré la moitié de son temps ; comme il était maçon et qu'ils avaient besoin de lui pour réparer la taule qui part en brioche, ils ne l'ont pas envoyé en centrale, ils l'ont gardé là-bas. Sa porte était ouverte toute la journée ; le matin il prenait son travail vers huit, neuf heures, tranquille comme Baptiste, et jusqu'au soir il se baladait avec sa gamate et sa truelle dans les couloirs et dans la cour. De temps en temps il s'en roulait une au soleil, les matons lui fichaient une paix royale... Tu me croiras si tu veux, je l'ai même vu sortir à l'extérieur avec ses outils, sans aucune surveillance, tu m'entends ! Tout seul ! Pour réparer le mur d'enceinte. Le soir il frappait à la porte et on le faisait rentrer, comme à l'hôtel. Le directeur était aux anges ; à lui seul il reconstruisait toute la prison. On lui faisait une confiance aveugle. Tout le monde le charriait. « Alors, Fernando, tu attends une lettre de ta femme pour faire la belle ? » Il haussait les épaules : « Quand vous comprendrez qu'on est mieux ici que dehors... » Le plus fort c'est qu'il y croyait. Ils auront du mal à le flanquer dehors.

Cette histoire rappela à Lucien un type qu'il avait connu dans une cellule de l'armée, il avait été appelé à dix-neuf ans, comme chacun d'eux, et était sous les drapeaux depuis dix ans quand Lucien le vit pour la première fois accroché aux barreaux avec un sourire. Dès qu'il sortait en permission il volait une voiture, cassait la gueule à un gradé, rentrait avec huit jours de retard, et on le renvoyait au trou. À croire qu'il le faisait exprès pour qu'on le garde toujours. Il devait avoir peur de se retrouver seul un beau jour dans la rue. Là, dans la caserne, ils étaient près de deux mille et tout le monde le connaissait par son nom. C'était un peu comme le maire d'un village ou un héros. Les gradés en parlaient aux bleus au garde-à-vous le jour de l'incorporation ; ils montraient du doigt les arrêts de rigueur en élevant la voix : « Dix ans qu'il est là ! Alors tenez-vous bien ! » Les jeunes recrues se redressaient, terrorisées. Lui, derrière les barreaux, souriait à belles dents. Lucien avait eu l'impression qu'il en éprouvait un intense et malin plaisir. Oui, sans doute n'avait-il personne dehors, ni famille ni amis. Il avait enfin trouvé sa maison.

Toutes les dix minutes l'un des deux se levait et jetait dans le feu une chaise en paille éventrée, un pied de table, les restes d'un tiroir, un fauteuil qui perd ses tripes par-dessous ; un instant les flammes s'agenouillaient, buvaient l'eau, puis elles s'élançaient vers le ciel noir où elles titillaient de leurs langues pointues un nuage de brume. Cette clairière d'horreur s'illuminait alors, des ombres plus longues que des clochers escaladaient ces montagnes de pourriture et c'était comme s'ils s'étaient égarés tous les deux au fin fond de la capitale du désordre et de la putréfaction.

Vers six heures du matin tout le cuivre était propre, lové dans son écrin de lave il lançait des étincelles bleues.

— Tirons-le un peu sur le côté, dit Pierrot,

il lui faudra bien une heure pour refroidir, de toute façon il est trop tôt pour rouler avec ça, les gendarmes lèvent les barrages vers sept heures. Pour transporter quoi que ce soit c'est le meilleur moment, tous les travailleurs sont sur la route, les camions, on se perd dans le flot.

Ils se rassirent sur le frigo et bavardèrent encore un moment à la chaleur des braises. De l'autre côté de la rivière le jour lentement formait des îles dans le silence des pommiers.

Par une bretelle, entre des dominos d'immeubles, l'autoroute vivante se jeta dans un cimetière de voitures. Un gnome de cent cinquante kilos en tricot de corps secouait le matin de ses bras courts et forts comme des essieux de charrette. Son aide perché sur une colline de rouille s'arrachait les deux dernières touffes de cheveux qu'il lui restait de chaque côté de la tête.

Le nain s'approcha des deux intrus, les jambes écartées par la graisse, les bras trop courts pour dégainer ; au dernier moment il reconnut Pierrot.

— Tiens, je croyais que tu avais fait fortune ! Alors te revoilà au boulot !

Il regardait la 404 juste derrière eux. Pas de banquette arrière, il avait compris.

— Fais gaffe, reprit-il, ils sont presque tous tombés, je touche plus à ça... depuis un an ils sont sur les dents... Enfin, c'est bien pour te dépanner. En tout cas je veux du propre, ici pas question de brûler ! Amène ta caisse !

Ils pesèrent la voiture pleine, la déchargèrent derrière un mur où s'entassaient d'autres métaux divers qui n'avaient pas l'aspect du cuivre puis ils l'avancèrent de nouveau sur la balance. L'énorme sortit de sa poche une liasse de billets. Ses doigts n'avaient pas poussé plus vite que les bras, ils donnaient l'impression de ne posséder que deux phalanges, les billets y sautaient cependant avec une grâce déconcertante.

— Et aux cartes, tu es un peu gagnant ?

Ses yeux menaçaient sans cesse d'embraser une moustache d'épineux.

— Je ne serais pas là ! lui répondit Pierrot. C'est combien le kilo en ce moment ?

— Il y a la bourse et il y a moi, tu comprends ? C'est une autre paire de manches. Je te l'ai dit, c'est pour te dépanner ! C'est fini tout ça, ça sent trop le roussi !

Tout en conduisant, Pierrot feuilleta la petite liasse, en fit claquer la moitié sur l'épaule de son ami comme on abat une carte maîtresse.

— Ça fait dix ans qu'il raconte les mêmes sornettes, il est plein aux as ! Devant des types comme nous il pleure misère mais il graisse la patte à qui il faut.

— N'empêche qu'ils sont presque tous en prison.

— Les petits tombent ! Pas lui, ça je lui fais confiance !

S'il y a bien une chose que Pierrot avait comprise, c'est qu'il valait mieux ne pas faire partie des petits. Malheureusement...

Lucien venait de glisser les billets dans la poche de son blouson quand ils aperçurent le chien. Il tentait sur trois pattes de traverser l'autoroute. Chaque fois un bolide lui coupait le sifflet ; il semblait totalement égaré.

— Il est cinglé, il va se faire écrabouiller ! Arrête-toi ! cria Lucien.

Ils se garèrent cent mètres plus loin sur la bande d'arrêt d'urgence. Lucien sortit de la voiture et courut vers le chien. Une nouvelle fois celui-ci allait tenter sa chance lorsqu'il le vit venir. Lucien s'arrêta pour ne pas l'effrayer davantage. Debout sur trois pattes il l'observait, la quatrième repliée sous lui, la tête penchée sur le côté.

— Viens..., lui dit-il, tapotant sa cuisse du plat de la main.

Sa tête se pencha un peu plus et il se mit à

grogner sourdement, ses yeux étaient plus terrorisés que méchants. Lucien s'accroupit.

— Eh bien, viens... N'aie pas peur... Je vais t'aider à traverser.

L'animal renforça son grognement. Aux petits sautillements qu'il effectuait pour conserver son équilibre Lucien comprit qu'il avait la patte arrière ou la hanche cassée. Doucement il s'approcha en parlant, le chien lui montra ses dents blanches. C'était un chien de chasse et Lucien pensa qu'il ne le mordrait pas. Il avança sa main, l'autre retroussa ses babines. Sans cesser de gronder il ne pouvait pas s'empêcher de relever son nez pour le flairer un peu. Le bout des doigts de Lucien frôla une truffe sèche et brûlante ; il devait avoir de la fièvre. Très délicatement il lui caressa la tête, il sentait dans sa paume le tremblement effréné de son râle. Longtemps il le rassura avant d'attraper son collier de cuir où ne pendait aucune médaille. Même s'il le déposait de l'autre côté de l'autoroute, que deviendrait-il perdu et blessé comme il l'était ?

Quand il sentit que ça allait mieux entre eux, il fit signe à Pierrot de faire marche arrière.

Le chien accueillit le nouveau venu comme il avait fait pour Lucien, les dents dehors ; toute la machine se remit à vibrer. Le long de l'échine la herse se releva.

— On ne peut pas le laisser là, il va crever... Je vais le mettre dans la voiture, il y a peut-être une adresse à l'intérieur du collier.

— Téléphone à un taxi, hein ! rétorqua Pierrot s'engouffrant dans le véhicule. Tu as vu les ratounes !

Si peu de chose lui faisait peur, il préférait passer le plus loin possible des chiens. Son mollet gauche en conservait quelques souvenirs roses et luisants.

— Il va se calmer, il est complètement affolé, je vais monter derrière avec lui.

Il ne résista pas trop, sauf pour franchir la portière. Lucien s'assit à la place du siège arrière et l'installa sur ses genoux, enfin si l'on peut dire car le pauvre animal demeurait résolument debout. Tremblant comme une feuille il ne lâchait pas Lucien des yeux ; Pierrot démarra, les siens plongés dans le rétroviseur.

— On se sent détendu comme dans la cage de Faraday, dit-il.

Ils roulèrent et Lucien s'aperçut que le chien était une chienne. Elle était maigre comme un coucou, son ventre était transparent, le xylophone des côtes vibrait toujours mais la musique en était plus basse, l'instinct se résignait.

— Où puis-je déposer le meilleur ami de l'homme ? demanda Pierrot.

Son regard toujours soudé au rétroviseur l'empêchait de dépasser les soixante ; il était collé contre le volant, la tête encastrée dans les épaules.

Ils se retrouvèrent dans la salle d'attente du vétérinaire à deux rues de chez eux. Quelques personnes poireautaient en silence. Un chihuahua se cachait dans la chevelure d'une dame qui pensait que l'immobilité totale rend chic ; de l'autre côté de la pièce un berger allemand rêvait d'engloutir ce chien-mouche, il le dévorait des yeux ; juste derrière, son maître tentait de profiter de l'ascendant du molosse pour montrer à la dame ses propres dents. Entre les jambes de Lucien la petite chienne tremblait de plus belle mais elle avait coupé le moteur. À la terreur de la route s'ajoutait ici cette odeur mystérieuse de souffrance, laissée sur chaque carreau, plinthe et pied de chaise, par des générations d'animaux introduits un beau jour dans cette chambre des supplices. Si occulte cette odeur que la fuite même en devenait dérisoire.

Lucien jeta un coup d'œil à l'intérieur du collier. Même pas un numéro de téléphone. Rien.

Une porte s'ouvrit et une femme passa en

volant, reliée à un dogue par une laisse, même le berger allemand eut un mouvement de recul devant ce géant rempli de boules de pétanque.

La dame chic se leva, c'était à elle, le chihuahua de trente-cinq grammes avait disparu dans les cheveux, il devait sacrément regretter le Mexique. Le berger reporta toute son attention sur la chienne. Bref, il y eut encore quelques rapports de force, convoitises et tremblements, puis leur tour vint.

En quelques mots Lucien raconta l'histoire au vétérinaire. Celui-ci hocha la tête, palpa la patte, hocha encore la tête et dit :

— Vraiment mal-en-point la pauvre bête...

Il la prit en poids, la déposa sur une longue table en inox, souleva sa queue et lui enfila un thermomètre.

— Ce que je ne comprends pas, ajouta-t-il, c'est qu'elle n'ait ni tatouage ni adresse. On nous amène souvent des chiens abandonnés mais rarement de race, surtout celle-ci...

— C'est un setter, n'est-ce pas ?

— Setter gordon, je dois en suivre deux ou trois tout au plus, on en trouve très difficilement dans la région, ce sont plutôt des bêtes pour gibier d'eau... Un instant, je vous prie, je vais faire un cliché de sa patte blessée.

Il la reprit dans ses bras et l'emporta dans une autre pièce.

— Qu'est-ce qu'on va en faire, râla Pierrot, si elle n'a pas de maître ?

— Voir si c'est possible de la faire soigner.

— Ça va nous coûter la peau du cul !

— Pas autant qu'Alice lorsque tu l'emmènes au casino !

Lucien avait frappé fort volontairement, le vétérinaire allait revenir et il faudrait prendre une décision rapide. Il revint.

— C'est bien ça, fracture importante à la hauteur de la cuisse, sans doute une voiture.

Et comme les deux zigues ne répondaient pas il poursuivit :

— Pas trente-six solutions, elle est très faible, elle a de la température et elle souffre, ou on l'opère ou je la pique.

— Quel âge pensez-vous qu'elle ait ? demanda Lucien.

Elle était près de lui, debout sur trois pattes.

— Si elle a huit mois c'est le bout du monde, elle n'a même pas terminé sa croissance.

Depuis qu'il l'avait déposée là, sa tête levée vers Lucien, elle ne lâchait pas ses yeux. Il n'avait jamais vu un animal aussi désemparé, ses babines et ses grandes oreilles tombantes ajoutaient à ce regard une immense tristesse.

— Opérez-la, dit-il, je viendrai la récupérer.

Il effleura deux ou trois fois son museau afin qu'elle sache qu'il ne l'abandonnerait pas ; quand il retira sa main elle lui donna un petit coup de langue pour lui dire qu'elle avait bien compris.

Il entraîna Pierrot dehors. En refermant la porte il vit qu'elle le suivait de tous ses yeux.

L'épuisement de cette nuit interminable les jeta sans un mot sur leurs lits. Habillés, ils entrèrent dans la mer des songes.

Il sembla à Lucien que quelqu'un chantait, il faisait nuit. La voix très douce caressait son corps. Il ne bougeait pas pour que ça continue. Il savait qu'elle était là, quelque part dans la pénombre. Depuis quand les observait-elle ? Pierrot se retourna dans son lit et il lui en voulut ; jusque-là la voix avait été pour eux deux. Un instant elle s'interrompit, Lucien retint son souffle... Elle reprit :

Te fais pas de bile
Te fais pas de souci
Tu sais tu sais que je t'aime
Fermons fermons les persiennes
Vive la nuit vive la nuit
Pourvu pourvu que tu m'aimes
Toute la vie toute une nuit
Sous le ciel de notre lit

Embrasse-moi embrasse-moi
Embrasse-moi embrasse-moi...

C'était encore plus beau que la première fois où ils l'avaient entendue en revenant de Cassis, juste après qu'elle fut tombée à l'eau. Sa voix s'était glissée dans leurs rêves.

— C'est toi ? demanda Pierrot.

Il y eut une seconde de silence, puis :

La nuit magicienne
Nous a accueillis
Le chat-huant miaule son cri...

— Viens !

Le matelas de Lucien remua, une clarté se déplaça vers l'autre lit, la voix fit place à un bruit de draps. C'était fini. Lucien eut le bonheur de penser qu'elle s'était assise près de lui, là, à ses pieds, qu'il aurait pu toucher sa main sans qu'elle cessât de chanter. Il referma les yeux sur cette image pour ne pas les entendre l'oublier.

Un moment plus tard Pierrot chuchota :

— Non, ne le réveille pas, on va aller faire des baby-foot chez Gaby... Il nous rejoindra tout à l'heure, il n'y...

La fin de sa phrase se perdit dans le léger chuintement de ses vêtements sur son corps puis on referma délicatement la porte. Dans l'escalier ils parlèrent normalement et elle poussa un cri.

Pendant des heures Lucien resta immobile, sans réfléchir ; il n'entendait que cette voix, de temps en temps il se rendormait pour le plaisir de l'entendre encore lorsqu'il ouvrirait les yeux.

Quand le jour se leva il vit qu'ils n'étaient pas rentrés de la nuit. Il descendit prendre un petit déjeuner chez Gaby puis téléphona chez le vétérinaire. Celui-ci répondit qu'il n'avait pas encore eu le temps de l'opérer et qu'il allait le faire ce matin ; il lui avait fait deux injections pour combattre la douleur et la température. Elle avait l'air tranquille, il faudrait passer la prendre le lendemain.

Dehors le ciel pendait, Lucien releva son col et partit dans la ville. Longtemps au hasard il marcha dans les rues, parfois il s'asseyait à une terrasse déserte pour boire un demi. Les platanes n'avaient plus une seule feuille, quelques-unes pourrissaient encore dans un coin de mur ou une flaque d'eau. Les garçons avaient enlevé les coussins sur les fauteuils d'osier, et sous le marbre des tables qui n'étaient pas abritées des perles d'eau couraient.

Vers cinq heures il remonta au grenier, il avait envie d'écouter Dire Straits. Rien n'avait bougé. Il s'assit dos au fenestron pour regarder lentement le crépuscule descendre dans la pièce. La dernière lumière enflammait le cuivre d'une lampe, faisait briller les boutons de la radiocassette, les oranges luisaient plus sourdement dans le plat bleu à mesure que la nuit prenait chaque chose. Le petit témoin rouge du poste fut plus vif. La fenêtre où restait un peu de jour se reflétait dans une vitre qui protégeait des photos de jeunes adolescentes berbères aux seins nus et aux chevilles cerclées d'or. Chaque bruit dehors, chaque appel devenait émouvant à cause de la nuit. C'est le seul moment de la vie où l'on pense au silence. Plus il était engourdi, plus il lui semblait qu'il ne savait rien, que tout lui échappait : les femmes qu'il rencontrait, son enfance, le bien et le mal surtout. Quand il ne vit plus que le petit point rouge et que tout fut nuit sur le monde, il se sentit capable de saisir la musique absolue, de comprendre chacun des hommes à cet instant précis où il ne sut plus rien. Le point rouge était au fond de l'horizon une voix ou un ventre de femme, la tolérance d'une vallée profonde et douce qui nous accueillera un jour. Il s'avança dans le noir et augmenta encore la force de la musique et il resta debout sans remuer un doigt comme un homme au sommet d'une montagne dans le silence des nuages qui regarde au loin les autoroutes, les voies ferrées, les chemins et tout ce qui s'en va on ne sait où.

Alors seulement il crut qu'un jour Alice l'aimerait car elle aurait comme lui la solitude et la force d'un nuage.

Le lendemain matin ils n'étaient toujours pas rentrés. Lucien alla chez le vétérinaire qui lui dit :

— Tout s'est bien passé, la fracture n'était pas belle, j'ai fixé une broche ; c'est la deuxième fois que je fais ça, normalement je les envoie chez un spécialiste à Marseille, cela vous aurait coûté les yeux de la tête. Pour un chien que vous avez trouvé... Je crois que je ne me suis pas trop mal débrouillé. Venez, nous allons la chercher.

Elle dormait, étalée dans une cage, plus plate qu'un lambeau de pneu sur le bord de route, tout son train arrière et sa patte gauche bandés. Dans la cage à côté un chat de gouttière commençait à trouver le temps long. Régnait ici une odeur de cirque.

Le vétérinaire ouvrit la porte et délicatement ils la tirèrent à eux par les pattes de devant. Elle entrouvrit les yeux mais ne réagit pas.

— C'est normal, dit-il, jusqu'à demain elle sera dans le cirage ; l'anesthésie.

Il la mit debout.

— Eh bien, il faut se réveiller maintenant, c'est fini ! allez, viens !...

Ils passèrent dans son cabinet ; tanguant, elle suivit leurs ombres. À chaque pas la chute la tentait, comme si elle avait ingurgité deux litres de vodka.

Le médecin s'assit derrière son bureau, remplit une ordonnance.

— Vous avez un jardin ? demanda-t-il.

— Non.

— Ne la sortez que pour ses besoins, qu'elle marche le moins possible. Forcez sur la nourriture : viande, légumes, riz, n'hésitez pas à rajouter un œuf, une cuillerée d'huile d'olive, des croûtes de fromage, elle revient de loin. Tenez ! Il lui tendit l'ordonnance. Antibiotiques matin et soir, mettez-lui les cachets directement dans la gueule sinon elle les laissera. Je vous ai aussi prescrit des vitamines ; revenez me voir dans huit, dix jours pour les points.

Lucien eut juste assez d'argent pour payer, tout le cuivre y passa. En lui serrant la main il demanda :

— Vous pensez qu'elle boitera toujours ?

— Il n'y a pas de raison, d'ici trois semaines, un mois elle devrait gambader comme un cabri.

Lucien la prit dans ses bras et ils s'éloignèrent. Lourde elle ne l'était pas la pauvre, il fut tout de même content de la déposer sur le petit divan rouge. Ses yeux le fixaient encore ; elle ne semblait cependant pas le reconnaître, c'était une jolie petite chienne toute noire, sauf le bout des pattes, les babines et le cou qui étaient feu. Elle avait aussi juste au-dessus des yeux deux points de flamme. Malgré son regard triste deux oreilles très amples lui donnaient un air plutôt rigolo.

Il était en train de préparer une sauce tomate, thym, ail, oignons pour des pâtes lorsqu'ils arrivèrent.

— On s'est payé une de ces virées sur la côte, tu n'imagineras jamais ! Je crois qu'on n'a pas oublié un seul casino ! lui lança Pierrot trempant son index dans la poêle. Mmm, fameuse ! Nous avons mangé sur la route, mais je vais quand même ajouter deux assiettes, hein, Alice ?

— Oh ! Mon Dieu, cria-t-elle, qu'est-ce qu'il a ?

Elle venait d'apercevoir la chienne qui, effrayée par ce cri, se ramassa en pelote d'épingles.

— Quoi, tu l'as récupérée ? Tu vas la garder ici ? foudroya Pierrot.

Alice s'était agenouillée devant le canapé, du bout des doigts elle caressait le front bombé entre les deux taches.

— Mais tu es une fille toi... Que tu es jolie... Et tu as de bons yeux. Qu'est-ce qui t'est arrivé ?

Lucien coupa le gaz, s'accroupit près d'elle et lui raconta leur rencontre.

Péniblement la petite setter relevait la tête pour regarder Alice. Celle-ci se pencha et plusieurs fois posa ses lèvres sur le velours feu de la babine.

— Quand nous habitions Paris mon père aussi avait un setter, dit-elle, un anglais au poil blanc très soyeux tacheté de marron et de noir, presque tous les week-ends ils partaient tous les deux dans des chasses privées.

— Tu ne m'avais pas dit que ton père était riche, l'interrompit Pierrot, le rond de ses yeux entretenu par cette nouvelle.

— Pas riche, non, c'est un chercheur, ce sont les riches qui ont toujours aimé sa compagnie.

Ils passèrent à table et il lui demanda ce que son père faisait maintenant.

— Géologue, répondit-elle d'une voix qui pouvait sembler contrariée, mes parents habitent depuis dix ans Buenos Aires et Santiago du Chili mais la plupart de son temps, mon père le passe sur la cordillère des Andes, il fait une étude très poussée sur la formation de cette immense chaîne de montagnes ; personne n'est vraiment d'accord sur ses origines, certains avancent même qu'un pan entier de la cordillère se serait effondré dans l'océan, côté Chili. Voilà pourquoi il passe sa vie sur l'Altiplano, il a un avion personnel, une jeep et des porteurs. Les plus grands savants du monde travaillent avec lui ; c'est une terre de volcans, de minerais, de mystères, un coin du monde qui ne veut pas lâcher ses secrets. Mon père va publier bientôt un livre, la plus énorme chose qu'on ait jamais écrite là-dessus, il y travaille depuis dix ans.

— Alors tu vas être célèbre ! s'extasia Pierrot.

— Peut-être mon père, il est déjà invité dans toutes les ambassades et il donne des cours dans les plus grandes universités américaines.

— Pourquoi ne vis-tu pas avec eux ? demanda Lucien.

Elle alluma brutalement une Dunhill bleue, en tira deux bouffées avec la même brusquerie.

— Ils préfèrent que je fasse mes études en France ; moi des études j'en ai soupé ! Quel univers infantile !

Lucien sentit quelque chose de chaud sur sa cuisse. Il regarda. La petite chienne venait d'y poser sa tête, ses yeux en l'air le réclamaient.

— Je crois qu'elle a envie de faire pipi, dit-il, elle n'est pas sortie depuis ce matin.

— Oh ! C'est moi qui m'en occupe ! lança Alice se levant d'un bond. Allez viens... Comment tu t'appelles ?

— Je ne sais pas, fit Lucien, on l'a trouvée sans nom.

— Alors c'est qu'elle s'appelle Lili, dit-elle.

— Pourquoi Lili ? demanda Pierrot.

— Parce que dès que j'ai touché sa tête j'ai pensé Lili. Elle ne peut pas s'appeler autrement...

Elle se pencha un peu.

— Tu viens, Lili...

Sur trois pattes la chienne la suivit. La voix d'Alice décrut dans l'escalier. Ils furent seuls tous les deux.

— Prête-moi un peu d'argent, je n'ai pas de quoi acheter les médicaments de Lili, dit Lucien.

— Quoi ! Tu as tout dépensé pour ce clebs ? demanda-t-il les yeux ronds. Il avait mordu dans un citron.

— Et toi, combien il te reste ?

Pierrot fouilla ses poches.

— Tiens, marmonna-t-il, prends ça. Seulement dès ce soir il faut retourner au charbon.

— Tu as tout claqué sur la côte ?

— On a bien gagné à la roulette mais tu ne voudrais pas que je l'emmène dans des hôtels de passe, tu as vu où elle a grandi ? Les ambassades, l'avion personnel, les porteurs...

Lucien voyait surtout les palaces, la Veuve-Clicquot à trois heures du matin et les pourboires de ministre dont il avait dû arroser la Croisette. Dès qu'elle tournait le dos il fallait repartir au charbon.

— Il vaut mieux te prendre en photo qu'en pension ! lui dit-il.

— Pension, pension ! Il va falloir compter avec celle de la chienne !

— Elle a décidé d'arrêter le foie gras et la roulette, tu n'as pas remarqué comme elle était obèse...

Il s'interrompit, on entendait la voix d'Alice dans l'escalier. Avant qu'elle ouvre la porte Pierrot lui chuchota très vite :

— J'ai repéré en revenant un chantier bourré de tourets, une vraie mine de cuivre, seulement il faudra un fourgon... Chut ! Je te raconterai.

— Elle est vraiment adorable, leur dit-elle ravie, elle ne m'a pas quittée d'un pouce, elle a fait pipi trois fois, elle devait mourir d'envie.

La nuit était douce et sans étoiles, le ciel demeurait fangeux. Le plus simple fut d'emprunter à nouveau le fourgon du tapissier ; il sentait encore le skaï.

Ils s'arrêtèrent à la sortie de la ville près d'une maison en construction et Pierrot dit :

— Aide-moi à charger deux madriers, ça nous aidera bien, quand tu auras vu les monstres.

Ils traversèrent de longs champs de lavande ; leurs phares surprenaient des douaniers et des gendarmes embusqués derrière les talus, c'étaient des mûriers et des amandiers noirs qui écartaient les bras.

— C'est drôle, dit Pierrot, le père d'Alice travaille au Chili et tu sais comment on appelle le cuivre là-bas ?... Le sang du Chili ! Maintenant c'est un peu le nôtre aussi... Tu ne trouves pas qu'elle est bizarre lorsqu'elle parle de ses parents ?

Après avoir traversé plusieurs villages plus fermés que des poings ils entrèrent dans une petite ville, les rues y étaient alignées au cordeau ; habitués à la pénombre des champs sans lune, les lampadaires modernes et nombreux leur firent penser à une cité où l'on ne payait pas l'électricité. Ils tournèrent deux ou trois fois à angle droit puis Pierrot exulta :

— Vise un peu ça ! Qu'est-ce que je t'avais dit ?

En effet, les tourets étaient là, alignés sous la lumière crue ; les plus immenses que Lucien ait jamais vus. De chaque côté de l'avenue des pavillons, sous prétexte de garder leurs secrets, dissimulaient leur égale laideur derrière des haies de thuyas et de lauriers. Ne dissimulaient-ils que ça ? La lumière était si vive qu'il dit :

— Je ne vois pas le cameraman.

Pierrot haussa les épaules et se rangea contre le trottoir.

— Ici pas question de scier, on charge et on s'en va, chuchota-t-il ouvrant en grand l'arrière du fourgon.

Ils installèrent les madriers en passerelle et, comme un chien commençait à aboyer derrière des murs, ils s'empressèrent de présenter le premier touret. Plus haut qu'eux il devait bien peser sa tonne. Arc-boutés de chaque côté, ils eurent un mal fou à lui faire franchir le dernier mètre.

D'autres chiens dans les maisons s'étaient mis à répondre à l'énergumène.

— Encore un et on fonce, dit le joueur de poker, de toute façon il n'en rentrera pas plus. Grouille !

Celui-ci était encore plus gros. Parvenu au milieu de la passerelle il ne voulut plus rien entendre. Ils avaient beau pousser des heu et des han, plus un seul centimètre.

— Mais force, bon Dieu ! grogna-t-il. Force ! On va prendre un coup de fusil !

Chaque maison résonnait maintenant de son chien. Si tout le quartier n'était pas en train de prendre deux chevrotines dans la table de nuit, c'est qu'avec l'électricité on leur faisait aussi cadeau des somnifères.

C'est alors que Lucien vit le madrier de son ami : il faisait la canne à pêche.

— Tirons-nous ! beugla-t-il. Il n'ira pas plus loin !

— Pousse ! râla l'autre. Je sens que ça vient !

Soudain on entendit le craquement, sourd d'abord. Gigantesque le touret se pencha, pivota, ils eurent juste le temps de se jeter en arrière. Le madrier venait de péter en plein milieu comme du verre. L'immense roue bondit, retrouva son équilibre, sentit le vent et lentement se laissa aller dans le sens de la pente. Une pente qui sans être vertigineuse lui donna très vite de la vitesse. On l'entendait maintenant ferrailler sur l'asphalte. Le monstre prenait à cette allure une force terrible ; plus d'une tonne qui déboulait, ivre de liberté sous les feux du boulevard, pendant que deux cents chiens se jetaient contre les portes. Fascinés, les deux amis regardaient aller la bête. Ils comprirent la catastrophe à l'instant où elle se produisit ; en bas l'avenue en croisait une autre, le touret déboucha sur le carrefour, plus dément que jamais, un portail explosa comme une boîte d'allumettes et l'engin de guerre percuta de plein fouet la façade d'un pavillon. Le coup de canon fut tel qu'il leur sembla voir la villa se fendre en deux de la cave au grenier, des tuiles dégringolèrent et peut-être la cheminée.

Pendant les secondes qui suivirent le silence fut total, même les chiens devaient en rester gueule ouverte. D'un coup tous les volets claquèrent et les chiens s'abattirent sur les portails avec des cris féroces.

Pierrot sauta sur le volant pendant que Lucien tentait de refermer sur lui les portes arrière. Il était sûr qu'une grêle de plombs allait hacher ce fragile bouclier, aussi il se recula lorsqu'un virage pris sur deux roues l'envoya dinguer par terre, le touret qu'ils avaient chargé s'écrasa contre la paroi de tôle dans un fracas de tous les diables ; dix centimètres plus loin il lui écrabouillait la tête. Un autre virage les envoya bouler ensemble de l'autre côté et Lucien se mit à brailler comme un âne. Si forcenée était leur fuite qu'il ne parvenait pas, entre deux chutes, à retrouver son équilibre et cette roue cerclée de fer qui valdinguait aux quatre coins de la pénombre le cherchait comme le tranchant de la bêche traque une bestiole affolée.

Toute chose a une fin, cette ville en eut une ; Lucien comprit bientôt qu'ils roulaient sur la nationale, tremblant des quatre membres il regagna l'avant sans lâcher le fauve des yeux.

— Arrête-toi, hurla-t-il. Il va m'estropier !

Pierrot jeta le fourgon dans un chemin de terre qui partait sur la droite, Lucien s'abattit tête première sur le fauteuil et s'encastra sous la boîte à gants. Si déplaisante que fût cette position, elle lui parut très confortable. N'eût été la chasse à l'homme qui devait s'organiser il n'aurait plus bougé.

Pierrot ouvrit la portière et le tira par les pieds.

— Bouge-toi, nom de Dieu ! cria-t-il. Ils vont rappliquer !

Il s'empressa de dérouler quelques mètres de câbles afin, tant bien que mal, d'arrimer le touret. N'osant plus s'approcher Lucien le regardait faire, tout en coton.

Un moment plus tard ils pénétrèrent dans la décharge. Ils rangèrent le véhicule museau en l'air et n'eurent aucun mal à en faire gicler la roue qui alla se coucher contre un tas d'ordures. Ouf ! La bête était sur le flanc, hors d'état de nuire.

— J'espère que le tapissier est bien assuré, dit Pierrot.

Lucien regarda le fourgon : il était cylindrique. Ils partirent ensemble d'un fou rire qu'ils n'avaient pas connu depuis longtemps. À genoux face à face ils se tenaient le ventre et ils voyaient tous les deux la tête du tapissier. Quand l'un se calmait l'autre montrait l'espèce de missile et pliés en deux ils cherchaient l'air avec des cris de souffrance. Des larmes plein les yeux, Pierrot articula :

— Et... et le type et sa bonne femme dans leur lit quand la maison a explosé !... Tu... tu imagines la tronche ?...

De plus belle ils s'esclaffèrent.

— Ils ont dû tomber du lit ! gloussa Lucien qui voyait à présent les époux sur le plancher, le visage tordu d'effroi.

— Ils devaient voir le carrefour par la fente du mur ! brailla l'autre.

Et ils roulèrent par terre comme deux baleines, hurlant, suffoquant, pleurant d'un rire sauvage qui rendait plus sinistre encore cette version putride de l'enfer.

Avant que le jour se lève ils brûlèrent le caoutchouc dans le bonheur d'être ensemble et de rire tels des pirates sous un ciel qui s'ouvrait. Quand tout fut terminé Pierrot dit :

— On a le temps d'aller s'envoyer un jus

chez Gaby, les routes ne sont pas encore sûres.

Ça allait comme un gant à Lucien ; les étoiles avaient amené un froid de loup.

Ils dissimulèrent le cuivre sous la carcasse d'un lit et Pierrot mit en marche.

— On va remettre le fourgon à sa place, dit-il. Ah ! Ce que je donnerais pour voir sa gueule ! Il va croire qu'il s'est mis à gonfler.

Une heure plus tard ils étaient de retour avec la 404. Le cuivre s'était envolé. Ils eurent beau tourner le lit dans tous les sens, fouiller les environs, gratter les cendres, il avait bel et bien disparu. Lucien élargissait un peu le périmètre de leurs recherches lorsque son complice lui lança :

— Laisse tomber, j'ai compris.

Son visage était fermé, il fixait les cendres.

— Les enfoirés..., marmonna-t-il.

— Qui ?

Pierrot tourna vers l'horizon sa face soudain butée.

— Tu en connais beaucoup capables d'une vacherie pareille ? La nuit appartient aux rats ; les pires habitent de l'autre côté de la rivière.

— Tu veux dire les gitans ?

— Tout juste ! C'est ici qu'ils brûlent d'habitude, quand ils ont vu le feu tu parles s'ils ont radiné ! Si ça se trouve ils ont passé la nuit derrière les roseaux à nous regarder crever de rire... C'est eux qui doivent rigoler maintenant !... Dire qu'on a failli se faire allumer...

— Pour ce coup-ci c'est à l'eau, dit Lucien. Au moins allons roupiller.

L'autre parut se réveiller.

— Roupiller ? Non mais tu es malade ! Tu crois que je vais leur abandonner le rouge ? On n'a même pas pu payer les cafés et je crève la dalle !

Lucien ne voyait pas trop comment il allait s'y prendre mais il ne pouvait pas lui donner tort, après une aussi rude nuit lui aussi la sautait.

— Grimpe ! dit le flambeur.

Le campement se réveillait lorsqu'ils s'arrêtèrent près des premières baraques. C'était, caché de la route par une haie de cyprès bleus, un amas confus de roulottes, de cabanes en planches, en tôles, qui fumotaient dans l'air froid du matin. Des oies et des pintades s'avancèrent dans la boue noire. Des enfants giclèrent d'une carcasse de voiture posée sur des parpaings et coururent vers une roulotte. Une femme énorme en surgit et vint à eux aussi lourdement qu'une oie.

— Vous cherchez quelque chose ? gronda-t-elle. Ici c'est privé !

Si tout le monde n'était pas encore

réveillé, quelques chiens bâtards se mirent dans la tête d'ébranler ce fatras. À ce train-là leurs chaînes n'allaient pas résister longtemps.

— C'est pour une histoire de boulot, répondit Pierrot, on voudrait voir le chef.

Un simple coup d'œil sur la voiture la renseigna : ils n'étaient pas de la police. Peut-être savait-elle déjà qui ils étaient.

— Il n'est pas là ! grogna-t-elle. C'est pour quoi ?

Une nuée de gosses les entourait maintenant, plus sales les uns que les autres et d'une curiosité plutôt hostile. Toujours pas d'hommes.

— Je suis un ami de grand Bert, déclara Pierrot, c'est lui qui m'envoie.

Elle les scruta de la tête aux pieds et bougonna :

— C'est là-haut sur le plateau, passez par là.

Ils s'engagèrent dans un chemin gluant entre des poulaillers bricolés avec des portières de voitures et de vieilles fenêtres. Un peu plus loin d'autres bagnoles rouillaient, toujours perchées sur des parpaings. Ils attaquèrent la côte, les gosses les entouraient encore.

— C'est drôle, remarqua Lucien, il n'y a pas d'hommes.

— À cette heure-ci ils dorment, sauf les petits malins qui nous intéressent.

Ils arrivèrent sur le plateau en même temps que le soleil ; des ramiers passèrent très haut sur leurs têtes, ils bifurquèrent pour suivre le lit de la rivière jusqu'à la première vallée qui creusait sur la droite un bois de chênes blancs. Une dizaine de villas étaient devant eux, plantées au milieu des vignes. Ce premier soleil les dorait. Les enfants leur désignèrent la plus grosse et sans un mot rebroussèrent chemin. C'était une maison carrée aux volets rouges, sans style et sans étages, que gardaient silencieusement deux bergers allemands derrière une clôture.

Presque aussitôt un homme en sortit et s'avança vers eux.

— Calme, Rambo ! Calme ! dit-il ouvrant un cadenas et retirant une chaîne qui verrouillait le portail.

La cinquantaine ravinée, il portait un costume rayé sur un tricot de corps, un mouchoir rouge noué autour du cou faisait flamber ses yeux.

— Je suis un ami du grand Bert, répéta Pierrot, on a eu des embêtements cette nuit, vous pouvez nous aider.

— Qu'est-ce que c'est ? dit le gitan tenant l'un des molosses par le collier.

Le soleil gicla sur ses phalanges d'or ;

quatre chevalières formaient un poing américain.

— On a brûlé du rouge dans les poubelles tout à l'heure, le temps d'aller boire un café il avait disparu.

— Et alors ? Qu'est-ce que j'ai à voir là-dedans ?

Sa bouche était criblée de trous noirs.

— C'est toi qui contrôles toute la zone, tu dois savoir qui c'est.

Lucien trouva ce brusque tutoiement gonflé. Les chiens n'étaient pas de leur côté.

— Je me réveille, fit le gitan, si je sais quelque chose j'en parlerai à ton ami.

Pour quelqu'un qui se réveillait il avait déjà vissé sur sa tête un chapeau de feutre, ses cheveux dessous étaient étonnamment noirs et beurrés, sa moustache non plus n'avait pas un poil blanc. Il avait tout l'air d'un loustic qui connaît la musique.

— Une fois que le rouge sera fourgué ce sera trop tard, dit Pierrot. C'est maintenant qu'il faut le récupérer.

Un autre gitan, plus jeune, qui devait couper du bois derrière la villa, s'approcha une hache à la main. Ils avaient entendu des coups mats en débouchant sur le plateau. Deux enfants qui les observaient de loin se mirent à faire du kung-fu. Ça n'était pas bon signe.

— Minute papillon ! grogna le chef des gitans. Je t'ai dit que si je savais quelque chose je le dirais à ton ami !

Son regard était encore plus noir que ses yeux. La corne chauffée du laguiole de Lucien, qui tout à l'heure, au fond de sa poche, le rassurait, lui faisait à présent plutôt peur. La vue de la hache ou la main baguée fit apparaître dans la gueule de Rambo des crocs extraordinairement longs et tranchants. Lucien se rapprocha un peu de Pierrot et discrètement lui marcha sur le pied.

— D'accord, dit celui-ci, je compte sur toi, on est souvent chez Gaby.

Et ils tournèrent les talons.

Un peu plus loin Lucien regarda par-dessus son épaule, le gitan les suivait des yeux entre ses deux cerbères. Il aurait craché des glaçons en plein mois de juillet.

— Nid de vermine ! siffla Pierrot en descendant vers les roulottes. On peut toujours se brosser !

— Tu n'aurais pas fait pareil à leur place ?

L'autre hocha la tête.

— C'est ça qui est malheureux !

Et il shoota dans une poule qui crut sa dernière heure arrivée.

Un instant ils demeurèrent pétrifiés sur le pas de la porte : il avait neigé dans le grenier. Le sol jusque sous les meubles et dans les coins était blanc ; pas sur la table. Ils s'accroupirent : c'étaient des morceaux de papier, d'infimes lambeaux de papier, des milliers et des milliers de confetti blancs. Clopinant Lili s'approcha ; contente elle fouettait tout de sa queue. Avait-elle pu faire une chose pareille ? Lucien ramassa *À l'est d'Eden* qui traînait sous le volant rouge du divan, l'ouvrit. Il n'y avait plus une seule page, tout avait été lacéré, déchiqueté, haché. Il la fixa : tête basse, queue entre les jambes, elle alla se tapir dans le coin le plus noir.

Un grand éclat de rire secoua Pierrot.

— Je savais que vous étiez faits pour vous entendre ! Elle est comme toi, elle dévore les livres !

— Lili ! Qu'est-ce que tu as fait là ! hurla Lucien brandissant ce qui restait du livre. Hein ! Qu'est-ce que tu as fait ?... Méchante !

Elle s'aplatit dans l'ombre. Comme il relevait la main en criant « Méchante je vais te donner la fessée ! » il aperçut une tache obscure qui s'élargissait. Elle pissait par terre. Pierrot redoubla :

— Toi qui voulais dormir, tu peux retrousser tes manches !

— C'est Alice qui va en faire une tête, elle

adorait ce bouquin, elle ne lit que ça... Je vais la sortir, toute une nuit enfermée seule dans ce grenier qu'elle ne connaît pas, elle a dû être inquiète et puis elle n'avait pas fait pipi depuis hier. Viens, Lili, lui dit-il, on va faire un tour.

Les oreilles et la queue toujours aussi près du corps, elle le suivit.

Lorsqu'il remonta un quart d'heure plus tard, Pierrot ronflait si opiniâtrement qu'il n'eut pas la force d'attraper le balai. Il se fourra sous les couvertures. Quelques secondes après Lili grimpa doucement sur son matelas et se blottit dans le creux de ses jambes. Il était déjà trop loin pour bouger le petit doigt. Il n'eut que le temps de penser à Paul Léautaud qui toute sa vie avait dormi sous un édredon de chats.

Violemment ils se réveillèrent. Elle aboyait à tue-tête. La porte était grande ouverte. Immobile, Alice semblait s'être trompée d'étage, aucun son ne sortait de sa bouche béante, ses yeux étaient sans regard. L'effroi sculptait son visage. Sa joue gauche était violette. Ensemble ils bondirent vers elle ; elle poussa quelques cris d'hirondelle et éclata en sanglots. Longtemps les pleurs secouèrent son corps, le verre d'eau que Lucien tenait claquait contre ses dents. Ils l'assirent entre eux sur le divan rouge. Son genou était déchiré, le sang séché rayait de noir son mollet jusque dans l'escarpin ; ses mains glacées vibraient. Pierrot caressa ses cheveux.

— Il m'a frappée !... Il m'a frappée..., hoqueta-t-elle.

— Qui ? demanda Lucien.

— Il m'a arraché les cheveux ! J'ai mal...

— Mais qui ? Qui ? répéta Pierrot.

— Dans la voiture..., s'étouffa-t-elle. Il m'a cogné la tête... contre la vitre. Maintenant j'ai mal !

— Calme-toi, calme-toi, lui dit-il, on est là, tu ne risques plus rien... Respire bien, tiens, bois, tu nous raconteras tout à l'heure.

Le verre claquait encore contre ses dents mais l'eau passait. Pour la première fois elle les regarda, aperçut Lili plantée devant elle.

— Voilà, ça va mieux, la rassura Lucien, bois encore un peu ; tu as vu ce que Lili a fait de ton livre ? Il lui montra la neige de papier. C'est parce qu'il y avait ton odeur, tu lui manquais.

Un sourire traversa ses larmes et les sanglots brutalement la reprirent.

Lorsqu'elle se fut un peu calmée, elle leur dit qu'elle faisait du stop à la sortie d'Aix et qu'un homme l'avait prise.

— D'abord il ne m'a pas parlé, il ne me regardait même pas et tout d'un coup il a tourné dans un chemin de terre. Il a arrêté la voiture derrière les arbres et il a crié : Suce-moi, salope ! Vas-y, suce, tu en meurs d'envie ! Il était défiguré. Il avait des yeux de fou et il râlait comme une bête. J'ai essayé d'ouvrir la portière alors il m'a tapé dessus à coups de poing en criant : tu vas sucer ou je te tue ! Il m'a attrapée par les cheveux et il a plaqué ma tête sur son sexe. Alors mon pied a arraché quelque chose et il a hurlé : Salope ! Tu m'as cassé l'autoradio ! Il m'a lâchée et il s'est penché. J'ai ouvert la portière et je suis partie en courant, je me suis cachée dans les broussailles. Un moment après il est sorti de la voiture et il a appelé : Excusez-moi, revenez, je suis marié, je vais vous raccompagner... Revenez, je regrette... Il avait une voix de chien de chasse, très rauque. Ensuite j'ai entendu la voiture qui démarrait.

— Et alors ? dit Lucien, il était parti ?

— Oui, je suis remontée sur la route et tout de suite une voiture s'est arrêtée. C'étaient quatre jeunes qui voulaient draguer, quand je leur ai raconté ce qui s'était passé ils m'ont dit on vous emmène à la gendarmerie, je leur ai répondu non chez moi et ils m'ont emmenée jusqu'ici. Ils étaient tellement gênés qu'ils avaient peur de me frôler, les deux qui étaient derrière s'écrasaient contre la portière.

De nouveau elle sourit mais ses yeux demeuraient hagards. L'effroi tressaillait sur ses lèvres.

— Oui, mais le type, dit Pierrot, tu pourrais le reconnaître ? C'était quel genre ?

Elle réfléchit, serra sa main.

— Ça devait être un maçon, ses souliers étaient blancs de ciment.

— Tu es sûre, un maçon ? répéta-t-il. Et sa voiture ? Qu'est-ce qu'il avait comme voiture ?

— Je ne sais pas... Une R16 peut-être.

— Et la couleur ? s'énerva-t-il.

— On verra ça plus tard, coupa Lucien. J'enfile un pantalon et je descends acheter trois steaks et une bouteille de Bandol.

Dans l'escalier il se souvint qu'ils n'avaient plus un radis, il remonta et demanda à Alice :

— Tu n'aurais pas cent francs, on est fauchés comme les blés.

Elle le considéra, toujours terrifiée, puis le rire éclaira son visage.

— Je voudrais me changer, dit-elle, j'ai fait pipi dans ma culotte.

— Comme Lili, plaisanta-t-il, je vous sortirai tout à l'heure.

Elle prit dans ses mains la tête de Lili, l'embrassa, poussa son petit cri d'hirondelle et éclata en sanglots.

Lucien la revit soudain quelques mois plus

tôt, égarée au fond du vallon, de l'autre côté de la rivière, son visage de sang sous l'incendie d'automne. Depuis des mois cette femme qui pleurait devant lui, blessée, n'avait cessé de le hanter ; s'il lui arrivait quelquefois de se sentir près d'elle, si près qu'un moment plus tard il s'étonnait de si peu la comprendre, toujours il pressentait en la frôlant un drame d'une brutalité extrême. Cette beauté terrible, il en était sûr, était l'émanation d'une grande douleur. Alice avait l'éclat, la profondeur de la mer, oui, elle avait de la mer toutes les richesses englouties, elle était l'émeraude au fond des épaves, l'âme damnée des pirates, la violence des tempêtes, elle était le mystère de ces monstres qui rôdent au fond des fosses où l'or du soleil ne glissera jamais, l'appel lointain et fascinant de créatures que personne n'a vues, ces fantômes qui rongent la mémoire des hommes. Alice était la fragilité de la voile et le tumulte des flots. Elle était leur abîme.

Pendant quelque temps elle demeura là, chez eux, et les premiers ciels de printemps, le soir, furent vert acide. La pluie et le vent griffèrent leurs vitres, puis le bleu s'installa immobile et sans fond.

Deux ou trois après-midi par semaine Pierrot tenta d'aller gagner quelque argent au poker ; Alice dans son sac en avait un peu et ils abordèrent à son crochet la belle saison. Lucien ne se faisait aucun souci, ils le lui rendraient au centuple.

La patte de Lili s'était très vite ressoudée. Une bande de poils repoussait sur la cuisse à l'endroit de l'opération. Elle n'attendait qu'une chose : qu'on entrouvre la porte pour dévaler l'escalier comme une démente.

Lucien et Alice l'emmenèrent courir dans la campagne pendant que Pierrot allait à ses parties dans un appartement juste au-dessus de chez Gaby. Les voyous adorent la proximité des bars et leurs arrière-salles. Le décor est essentiel au rôle qu'ils jouent, autant qu'un accessoire vestimentaire, une certaine manière de parler à voix basse sans remuer les lèvres, debout près du comptoir en faisant tourner leur main gauche, le pouce et l'auriculaire très écartés des autres doigts, la momie dans la main droite collée contre le buste. Vingt-quatre heures sur vingt-quatre ils sont metteurs en scène du film interminable qu'eux-mêmes jouent ; et lorsqu'ils en prennent pour vingt ans, ils descendent dans la souricière en imaginant la caméra. Les plus grands acteurs sont les voyous, ils filment leur propre sommeil, ils ne s'oublient jamais.

Bien qu'ayant horreur du pastis, Pierrot n'était pas insensible au rituel. Il faisait semblant de boire et c'était bien la seule chance qu'il avait ensuite de gagner, lorsque autour de la table de jeu on passait au whisky. Il commençait à ramasser quand rôdaient dans les yeux les brouillards de l'alcool.

Dès les premiers chênes Lili pouvait s'en donner à cœur joie. Elle s'engouffrait dans des passages de gineste où ils ne pouvaient pénétrer et au raffut que faisaient les branchages ils avaient l'impression qu'elle bourrait trente-six lièvres à la fois.

La colline ronronnait, couchée sur le dos elle offrait son ventre au soleil, étirait ses rameaux en tous sens, griffus de bourgeons. La terre chauffée soufflait dans leurs jambes et Lucien avait du plaisir à caresser les troncs tièdes et rugueux. Plus bas des corneilles rasaient les prés, leur cri rauque et noir agrandissait le silence. Il se tournait vers Alice et son regard entrait en lui.

Après les forêts de chênes ils débouchaient dans des champs et Lili partait comme une dératée, l'éteule sifflait sous ses pattes de feu. Ils s'arrêtaient pour suivre ses immenses boucles ; des bandes d'étourneaux s'envolaient en pagaille, lorsqu'ils viraient devant le soleil leurs ailes transparentes lançaient des éclats de métal. Elle les poursuivait à une allure vertigineuse, les yeux au ciel. Sa grâce était telle, si aérienne sa foulée, que Lucien était sûr qu'elle allait s'élever, aussi légère que cette limaille d'oiseaux. C'était magnifique. Alice souriait. Lucien remerciait la petite chienne noire de faire descendre en elle le calme de son insouciante beauté. Du coin de l'œil il l'observait. Que pensait-elle de lui ? De lui qui n'était qu'un homme, comme celui qui l'avait battue, qui avait voulu la violer. N'avait-elle pas peur parfois, seule avec lui au milieu de ces bois ? Il faisait tout pour paraître doux, rassurant, mais cet homme secrètement il le comprenait. Qui n'aurait eu envie de la posséder ? Il marchait derrière elle, près d'elle, il la frôlait, et il mourait d'envie à chaque pas de lui sauter dessus et de la dévorer. Ses lèvres qu'il imaginait bouillantes ; ses seins qui souplement tendaient le tissu, ses seins nus sous la laine, sous le coton, sous la soie, nus sous le velours et nus sous le lin, ses seins nus et durs à quelques centimètres de sa bouche dans ce silence minéral. Ah ! Déchirer tout ça et qu'enfin ils éclatent ; qu'enfin il les voie ! Qu'il voie le nombril, le ventre, les hanches, les fesses, les cuisses, tout ! Qu'enfin il voie tout ! Oh oui, il le comprenait cet homme à qui il aurait cassé la figure s'il l'avait eu entre ses mains ! Identique était la bête en eux.

Il parlait doucement à Alice, lui tendait la main pour franchir un ruisseau ; mais comment ne lisait-elle pas à chaque seconde dans ses yeux qu'il la dépeçait ? Ah ! Si elle lui avait seulement effleuré la joue de sa bouche, il se serait suspendu aux branches par les pieds et il aurait mangé l'écorce des troncs avec la terre du chemin.

— C'est la première fois de ma vie que j'aime le silence, disait-elle alors, avant j'en avais peur.

Et il n'aurait pas pu la toucher du petit doigt. Elle possédait la grandeur et la délicatesse des grands horizons.

Lili parfois trouvait un oiseau mort qu'un chasseur avait blessé puis perdu, elle le prenait dans sa gueule, le lançait en l'air, bondissait et le rattrapait au vol, aussitôt elle le renvoyait et ainsi de suite avec les bonds les plus gracieux et extraordinaires ; lorsqu'elle le ratait, elle sautait sur lui et ses deux pattes de devant le labouraient jusqu'à ce qu'il se remette à vivre sous la flamme rageuse de ses coussinets. Alors elle l'attrapait une dernière fois entre ses crocs et décrivait autour d'eux des cercles de plus en plus grands et de plus en plus fous. Brusquement elle s'immobilisait, les fixait la tête penchée sur le côté, les babines hérissées de plumes safran et bleues.

Alice pleurait de rire ; Lucien se souvint d'une histoire qu'il avait lue autrefois : un jour un enfant voit son père blesser un oiseau au cours d'une chasse, l'oiseau se réfugie dans une touffe et le père ne parvient pas à le trouver. Devenu un homme, chaque fois qu'il pense à la mort il se réfugie dans la touffe d'une femme. Seule Alice avait sur lui, par sa présence, ce pouvoir calme et voluptueux. Alice, son diamant noir. Lui offrant son corps elle lui eût donné l'immortalité.

Soudain une immense lumière accabla la plaine, tout fut paille en trois après-midi. Juillet vint rouler aux portes de la ville ses meules de chaleur ; un vent de plâtre avala les trois petits nuages qui avaient traîné jusque-là leur ventre sur la caillasse en feu. Au-delà des murs chacun avait des yeux d'aveugle. Tout l'horizon d'un coup fut terrassé. Le soir n'arrivait plus.

Midi tomba sur les tuiles comme du plomb fondu ; le grenier fut un four. Sans se retourner ils foncèrent vers la rivière dans une friture de goudron. Ils n'étaient pas sortis de la voiture que Lili, tête première, se jeta dans le trou. L'eau bouillonna, écuma, gicla, et les deux garçons sautèrent tout habillés car de toute évidence elle ne savait pas nager. Ses pattes de devant martelèrent leurs têtes et elle tenta de monter sur Lucien qui n'avait pas pied. Dans la bataille ils entrevirent ses yeux hagards qui imploraient le ciel ; son cou atteignit une longueur extravagante. Les épaules et le dos griffés, enfin ils la tirèrent de là. Elle partit comme une dingue cacher sa terreur sous les saules.

Alice se lança sans ôter sa robe dans le trou, singeant Lili elle frappa l'eau en tous sens, disparut, reparut, éclaboussa la berge et ils replongèrent. Lucien attrapa une jambe qui fila entre ses doigts, fit un sous-l'eau, tendit la main vers un sein qui échappait à la robe, se contenta de toucher le ventre ; la jeune femme se retourna, une tresse de bulles argenta son dos, glissa entre les cuisses, et il découvrit la forme admirable des fesses sous le tissu transparent. À cet instant, comme papier mouillé, le coton se déchira dans les doigts de Pierrot et le corps limpide apparut dans l'eau verte. Ensemble et de tous leurs muscles ils l'étreignirent. Lucien sentit sous sa joue le ventre souple encore tiède. Il ferma les yeux, avala de l'eau, ne lâcha pas.

Dès lors ils prirent l'habitude de venir là chaque jour à l'heure de la fournaise où tout est si sec, si incandescent l'air, qu'on ne sait plus si le ciel blanc va embraser les champs ou les champs flanquer le feu au ciel. Ils garaient la 404 sous un pont et ils remontaient le lit de la rivière sur des galets plus blancs que le sel jusqu'à un plan d'eau où ils savaient qu'ils seraient seuls. Ses chaussures à la main, tellement habituée à porter des talons hauts, Alice marchait sur la pointe des pieds dans des escarpins imaginaires et cela ajoutait à sa grâce un dandinement plutôt rigolo.

Lucien se demandait comment cette citadine toujours en équilibre sur ses pointes ne brisait pas à chaque bond sur les cailloux bouillants d'aussi délicates chevilles. En marchant elle se déshabillait et ce corps soudain nu brûlait les yeux de Lucien. Ses seins lourds, attachés assez bas sur le buste, semblaient encore plus pesants pour cette silhouette fine, ces épaules fragiles, le petit derrière dur et pommé.

Après un premier plongeon, Alice et Pierrot s'écartaient un peu et faisaient l'amour au soleil. Mine de rien Lucien les observait ; il pensait qu'en vieillissant elle se voûterait un peu sous le poids des seins. Cela ne le calma pas. Il appela Lili et lui lança des bâtons dans le courant, qu'elle ne courut chercher que dans les limites où elle avait pied. Pour lui apprendre à nager il les envoyait un rien au-delà, mais elle savait au centimètre près jusqu'où elle pouvait aller. Si fascinants soient-ils, elle laissait filer tous les morceaux de bois qui n'étaient pas à sa portée ; alors il la prenait en poids, entrait dans le trou avec elle, une main sous le ventre, l'autre sous la tête, il lui enseignait comme à un enfant les mouvements. De toute la force de son désespoir elle frappait la surface de ses pattes de devant. Contrairement à tous les chiens qui instinctivement glissent dans l'eau, elle s'y tenait debout, le museau tendu vers le ciel, attendant qu'on la sorte.

Lucien continuait à épier le couple ; les regarder s'enlacer, s'arc-bouter, se tordre était pour lui si douloureux, si excitant qu'il eût aimé cette eau beaucoup plus froide, lui si frileux. Lorsque le dos noir de Pierrot se courba entre les cuisses de la jeune femme il vit un frelon qui butinait un lys.

Puis ils se retrouvaient tous les trois étendus côte à côte sur les galets pendant que Lili fuyait de toute la puissance de ses jambes. Alice entre eux fermait les yeux, Lucien s'appuyait sur un coude pour mieux la contempler : sa peau de gypse rosissait tout de suite au soleil, elle disait qu'elle ne bronzait pas et on pouvait penser que vers la fin de l'été ses épaules et son ventre s'ombreraient de reflets d'ambre. Il aurait passé des années à regarder blondir ces seins. Il avait envie d'être très doux avec cette forte poitrine et violent avec les parties plus ténues de ce corps.

Parfois elle s'asseyait, prenait ses jambes repliées dans ses bras et disait des choses étranges ; elle leur raconta qu'une semaine plus tôt on l'avait invitée à un mariage dans le parc d'un château qui appartenait à un Indien qu'elle n'avait jamais vu et dont le turban était retenu par un diamant gros comme un bouchon de carafe. Le soir tout le monde était saoul et les amis de l'Indien avaient jeté le diamant dans une pièce d'eau juste sous la terrasse du château.

— Et personne n'a plongé pour le récupérer ? demanda Pierrot dont les yeux étaient plus gros que la carafe.

Elle parut étonnée.

— Non, personne.

— C'est incroyable ! Il faut y aller, Alice, on doit pouvoir le retrouver avec un masque. Tu crois qu'il y avait beaucoup de vase ?... Il est où ce château ?

Elle regardait passer l'eau.

— J'avais tellement bu ce soir-là...

Qui était-elle donc pour fréquenter des gens si riches ? Où disparaissait-elle lorsqu'elle quittait un beau jour le grenier sans prévenir ? Et pourquoi revenait-elle les voir, d'ailleurs, eux qui vivaient à des années-lumière d'un monde qu'elle semblait bien connaître et dont elle possédait l'élégance naturelle ?

— J'ai une soif inquiétante ! lança-t-elle en se dressant, les bras tendus vers le ciel, sur la pointe des pieds. C'est une expression que j'adore, je l'ai trouvée dans un roman de Simenon, *Le Grand Bob.* Vous savez ce que je vais vous préparer ?... Un margarita ! Un demi de triple sec, une dose de jus de citron et une dose et demie de tequila. Mmm...! Je le sens déjà glisser dans ma gorge, rien que le mot me donne soif ; vous ne trouvez pas que c'est beau, margarita ? C'est une petite île dans la mer des Antilles où on récolte des perles ; quand je prononce margarita je vois des perles d'alcool glacé. Vite ! Je ne tiendrai jamais jusqu'au grenier.

Et elle appela Lili qui se tenait toujours un peu à l'écart et sur ses gardes.

Tout en enfilant sa petite robe bouton d'or elle alluma une Dunhill bleue.

— Vous savez ce que j'ai dit l'autre jour à des amis ?... J'ai dit : Je pompe comme un fumier. Elle éclata de rire. Je voulais dire je fume comme un pompier... Vous ne trouvez pas ça rigolo ?...

Élégante certes, mais avec une telle simplicité, une si intelligente ingénuité que les deux amis en restaient bouche bée. Que nous trouve-t-elle ? se demandait Lucien. Il était préoccupé par cette manière effrénée, démesurée, qu'elle avait de boire et de fumer. Outre ces margaritas qu'elle se mit à confectionner chaque jour en revenant de la rivière, c'étaient des bouteilles et des bouteilles de rosé et quelquefois, lorsque Pierrot ramenait quelques billets du poker, autant de bouteilles de champagne.

Elle ne semblait s'épanouir vraiment que le soir, un verre et une cigarette à la main, et chaque soir elle était ivre ; cependant jamais ils ne la virent vomir ni tomber par terre, personne n'aurait pu dire d'elle : « Elle est complètement bourrée » ou « Elle est pleine comme un œuf », non elle était ivre élégamment, mieux : l'ivresse faisait son charme irrésistible et Lucien associait confusément le pétillement de son esprit aux tintements vifs des glaçons dans le verre qu'elle tenait et que sans cesse elle remplissait. Elle pouvait alors, tour à tour, faire mourir de rire et éblouir son auditoire la nuit entière. Elle traverse le feu fraîche comme la glace, pensa Lucien.

Ce qui le rendait soucieux, c'est qu'elle n'atteignait cette joie brillante, souvent délirante que grâce à des doses de plus en plus colossales d'alcool et qu'en dehors de ces accès de griserie, la vie lui eût paru morne et peut-être invivable. Y avait-il un lien entre son suicide et cette façon de se projeter chaque soir contre la folie ? Oui, elle avait tout résumé en quatre mots : « J'ai une soif inquiétante ! » Inquiet Lucien l'était donc, de plus en plus, et amoureux plus que jamais.

Un soir Pierrot rentra heureux, il jeta sur la table une poignée de billets ; Alice portait à ses lèvres son sixième margarita. Avant que le verre fût vide, elle décida qu'il fallait dépenser tout cet argent en Italie parce que là-bas les nuits sont bien plus belles. Celle-ci était torride.

Deux heures après ils franchirent la frontière au Montgenèvre toutes vitres baissées, Lili assise ravie sur le siège arrière ; ils dévalèrent vers Turin où ils entrèrent sous les arcades dans les bars les plus ardents.

Alice avait raison, la nuit et les femmes étaient vraiment plus belles. Vers deux heures du matin ils fonçaient sur l'autoroute entre les miroirs fracturés de rizières emplies de lune où se reflétaient des arbres noirs et des villes endormies. La voix déchirée de Springsteen et le pleur d'un harmonica les accompagnaient vers des villes plus vastes où le ciel était rouge et que la nuit contournait. À cause de la voix la route ressemblait à celle qui longe le Mexique, au bord du rio Grande, entre les deux océans.

Parfois la lune frappait le profil d'Alice, assise entre eux. D'extase Lucien avait envie de sauter en marche ; il lançait pour la calmer sa tête en arrière en fermant les yeux. Immobile au loin Milan devait grouiller de vie et rien ne le laissait paraître.

Un fil d'or soudain cisela l'horizon ; ils stoppèrent la voiture et coururent en hurlant dans un champ sans fin qui sentait le bonheur et la moisson. Lorsqu'ils atteignirent un cyprès planté tout seul au sommet de cette colline de blé, une boule de feu surgit devant eux de la terre encore noire. Ils embrassèrent tous les deux Alice à pleine bouche. Ils l'embrassèrent à en crier. Une larme glissa sur sa joue et disparut aussi vite qu'une goutte d'eau roulant sur une cafetière et que le fer brûlant réduit et sèche en un clin d'œil.

— Embrassez-moi encore, dit-elle, étouffez-moi, je vous aime tant.

Ils firent tout ce qu'elle demandait jusqu'à ce que ses yeux soient pleins de larmes et de joie. Un jour de plus qui se levait parmi les milliards et les milliards de jours qui avant eux avaient blanchi la terre, mais celui-ci était sorti tout entier de ses yeux.

En nage ils regardèrent autour d'eux,

jusqu'à la mer l'Italie était rose. Le ciel plus doux qu'une dragée.

Ils rentrèrent deux jours plus tard sans une lire au fond des poches : l'alcool, le jeu, l'amour... Ils n'avaient dormi que quelques heures dans la voiture, sur une place de Vérone où les appels d'un marché se confondirent avec le bruit d'une fontaine, puis la chaleur transperça la voiture et ils crurent que c'étaient des cris. Ils se réveillèrent comme un melon pourri.

Il fallait s'y attendre, sitôt arrivée au grenier, Alice disparut et ils restèrent seuls, hébétés sous la fournaise.

Il fit si chaud cet été-là que sur le coup de trois heures de l'après-midi des oiseaux se jetèrent dans les maisons ; quelques-uns s'engouffrèrent dans le grenier, s'accrochèrent au crépi des murs, aux poutres, dispersèrent partout des plumes d'affolement et se rompirent le cou en piquant pour s'évader dans les miroirs où fuyait la lumière. Ceux qui trouvaient la sortie rasaient l'enfer des toits et le regrettaient vite, le plâtre du ciel desséchait leur vol. Des nuages de guêpes s'abattirent sur les tuiles avec la violence d'une averse de grêlons.

Ils ne songèrent même pas à chercher du travail, traverser la rue déjà était un calvaire.

Un jour pourtant, plus forte que la chaleur, la faim les poussa dehors. Ils enjambèrent l'appui du fenestron et errèrent aveuglés dans la houle incandescente des toitures en s'accrochant aux cheminées. Par l'une de ces terrasses ouvertes sur le ciel et qui plongent dans l'obscurité des maisons, à pas de loup ils descendirent dans une cage d'escalier. Ils avaient espéré tomber dans l'arrière-cour d'un boucher-charcutier dont la vitrine faisait baver toute la ville ; ils avaient vu juste. C'était entre midi et deux, la porte du fond n'était pas fermée, le charcutier n'était pas là. Ils décrochèrent trois saucissons, un chapelet de saucisses et un jambon, jetèrent dans leur chemise quelques boîtes de pâté, avalèrent une quiche lorraine chacun et remontèrent en s'étouffant vers la lumière. À belles dents ils déchirèrent leur larcin sans la moindre miette de pain.

— Pauvres de nous ! laissa tomber Pierrot.

Et ils sombrèrent ensemble dans un engourdissement presque voluptueux.

Pendant une semaine ils ne se nourrirent que de charcuterie et de pain que la boulangère, folle d'amour pour Pierrot, fut pâmée de leur céder à crédit. Il tira de l'amande de ses yeux la plus diabolique promesse, échancra un peu plus sa chemise sur ses pectoraux de soie brune et elle ajouta une dizaine de brioches au beurre et aux raisins qu'elle disait rassises et qui étaient encore chaudes.

— Pauvre de moi..., marmonna-t-il en sortant.

Il faut dire que c'était le matin, les thermomètres n'avaient pas encore explosé, il lui restait une vague notion de son charme.

Ils n'osèrent pas demander la même faveur à Gaby, c'eût été déchoir. Jamais ils n'avaient connu pareille dèche, jamais ils n'avaient subi ennui plus mortel. Ils tiraient ces accablantes journées affalés dans la pénombre du grenier, en slip, à attendre la fraîcheur et Alice qui ne venaient pas, puis à attendre le sommeil dans cette épaisse torpeur qui plombait leurs paupières et ne les lâchait pas.

Se baigner ne leur disait plus rien, s'habiller était un supplice, ils n'écoutaient même plus de musique, n'échangeaient pas trois mots de tout le jour. La vie coulait sur eux plus tiède et fade que l'eau de la ville, pourtant ils la buvaient. Ils ne faisaient même que ça : toutes les heures ils s'arrachaient de leurs fauteuils poisseux pour aller se mettre la tête sous le robinet puis ils revenaient s'effondrer à la même place, les idées même pas rafraîchies. Des moucherons invisibles les piquaient, ils ne bougeaient pas le petit doigt. Même immobiles leurs corps ruisselaient.

Consternée, Lili les regardait s'enfoncer dans le silence. Elle comprit que le malheur croquait un morceau de sucre. Elle ne toucha même plus aux lambeaux de saucisson qu'ils mordaient puis lui envoyaient l'air dégoûté. Elle perdit d'un coup le poids et la force que le printemps et la joie lui avaient apportés. Son corps à nouveau se creusa sous une bourre rêche et poussiéreuse qui rebutait même les mouches. Lucien s'en rendait compte, il lui touchait la tête, entrouvrait la porte et elle descendait seule faire ses besoins.

Le soir il enjambait le fenestron et s'asseyait sur le toit, un mur tiède dans le dos. Il regardait des pigeons marcher sous un campanile au fer forgé si délicat qu'il pensa à l'âme légère d'une poire. La nuit lentement cloutait le ciel. Des heures il restait sans bouger, les yeux ouverts sur le vaste silence. Il avait encore dans la bouche le goût trop violent d'Alice.

C'est lui, un beau jour, qui rompit le silence à cause de ce goût si violent et peut-être aussi de la maigreur de Lili. Il proposa à Pierrot de retourner au cuivre.

— Trop de boulot... Trop chaud..., répondit celui-ci.

Pour la première fois depuis le début de la canicule, la malice souleva un peu sa paupière.

— Je ne te reconnais plus, professeur, ajouta-t-il, tu t'encanailles ! Ne serais-tu pas amoureux au point de te faire jeter en prison ?

La malice souleva l'autre paupière et Lucien sut que le renard faisait semblant de dormir mais qu'en réalité il comptait les poules.

Dès que la nuit fut close ils fracturèrent avec leur pied-de-biche la porte en bois massif d'un énorme mas qui gardait l'entrée d'un village mais dont les volets ne s'ouvraient que le week-end. Ils fouillaient les chambres du deuxième étage lorsqu'une porte grinça quelque part dans la bâtisse. Pierrot éteignit la torche.

— Merde ! fit-il entre ses dents. Il y a quelqu'un dans la baraque ; on est bons comme la romaine.

Et il empoigna par le haut un chandelier de bronze. Un moment ils demeurèrent plaqués contre le mur, sans souffle, puis sur les talons ils redescendirent dans les profondeurs de la maison. Un grincement les figea au milieu d'un couloir : chaque cheveu de Lucien se dressa sur sa tête, si précisément qu'il aurait pu leur donner à chacun un nom différent ou un numéro.

C'était tout près d'eux cette fois ; en tout cas quelqu'un était là, derrière l'une de ces cloisons.

— Il a dû se réveiller en entendant du bruit, il nous cherche, chuchota Lucien.

— Bouge pas, répondit l'autre, dès qu'il débouche on lui saute dessus... À tous les coups c'est le gardien, il doit être armé.

Il se colla à la paroi et leva le chandelier ; Lucien fit de même avec le pied-de-biche. Le silence fut long. Ils tendaient l'oreille à s'en péter le tympan.

— Ton pied ! souffla Pierrot.

Lucien lui tendit son arme.

— Pas ça ! Ton pied ! articula-t-il le plus faiblement qu'il put.

Lucien se pencha : un trait de lune passait sur sa chaussure droite et la faisait briller. Il se plaqua mieux.

Le silence devint plus grand que la nuit ; ils se remirent en marche l'un derrière l'autre. Sur des œufs ils gagnèrent le rez-de-chaussée, leurs casse-tête toujours brandis.

— Évitons la porte, murmura Pierrot, il doit nous guetter, on va se tirer par la fenêtre de la cuisine.

Ils traversaient celle-ci lorsque quelque chose grogna tout près d'eux. Ils bondirent sur le côté et de toute la puissance de leur effroi, fendirent la pénombre. Pierrot faillit fracasser le crâne de son ami qui vit passer une comète, il abattit alors sa barre de fer et fit exploser la nuit : un meuble s'écroula. Pierrot ralluma sa torche et balaya la pièce, ils étaient seuls au milieu d'une débâcle de plats et d'assiettes brisés. Un vaisselier était ouvert en deux.

Ils allaient sauter par la fenêtre quand la chose grogna dans leur dos. D'un saut Pierrot se retourna et la captura dans son faisceau lumineux : c'était le frigo dont le moteur se remettait en marche.

Ébahis, ils se regardèrent. Ils avaient trouvé le gardien.

— C'est la meilleure ! fit Pierrot, se claquant le front du plat de la main.

— On a dû réveiller tout le village, dit Lucien, pas tout à fait rassuré.

— Non, on entendrait les chiens.

Ils passèrent à table ; le frigo était plein à craquer. Ils lui rendirent la monnaie de sa pièce. Ils mangèrent et burent à la dimension de leur peur puis se mirent au travail : appareils ménagers et hi-fi, une collection de l'*Encyclopaedia Universalis* à laquelle il manquait trois volumes ; d'une armoire en noyer ils tirèrent un manteau de fourrure.

— Nom de Dieu ! lâcha Pierrot. Un vison !

— Mais non, c'est du rat d'Amérique.

— Je te dis que c'est un vison ! Je m'y connais quand même ! Ça coûte la peau des fesses.

Lucien s'en caressa la joue.

— C'est du rat d'Amérique, le poil est plus long.

L'autre y enfouit son visage et remua :

— Si c'est pas du vison je me les fais couper ! Regarde cette douceur, ce chatoiement... Tiens ! Qu'il te bouffe, ton rat !

Il lui enferma la tête dans la fourrure et serra ; Lucien se débattit ; étouffant de rire ils tombèrent à la renverse.

— En tout cas il est splendide, dit Lucien en se relevant, on le vendra comme rien.

Mais ils pensaient tous les deux : « C'est exactement ce qu'il fallait pour l'hiver d'Alice. » Et Pierrot ajouta dans sa tête « nue là-dessous... ».

Un moment plus tard il s'exclama du salon :

— Pute borgne ! Viens voir un peu ça !

Il venait de forcer le tiroir d'un secrétaire ; brillait sous le feu de la lampe-torche l'acier d'un pistolet et d'une grenade. Il attrapa le pistolet, le fit sauter à plat dans sa main.

— Calibre 38 spécial, une horloge !

Puis, le retournant :

— Smith et Wesson, rien que ça !

Il se pencha pour fouiller le tiroir, marmonna :

— Où est-ce qu'il a bien pu cacher les balles, ce pignouf ?

Lucien qui épluchait les papiers dit brusquement :

— Devine un peu qui c'est le pignouf ?

— Ça pourrait être le pape qu'avec le rigolo que j'ai dans les mains, il ne ferait pas un pli !

— Malheureusement, c'est le commissaire du troisième arrondissement de Marseille.

— Quoi ?

Lucien lui tendit les documents.

— Merde ! Il faut les mettre, là on en prend pour cinq ans.

Il glissa dans une poche la grenade, dans l'autre le pistolet. Une minute plus tard ils cavalaient dans un champ blanc de lune, les bras chargés de l'essentiel, vers le boqueteau de peupliers où ils avaient dissimulé la voiture.

— Espérons que le commissaire aura pour nous quelque élan de commisération, lança Pierrot, déposant délicatement la fourrure sur le siège arrière en se disant qu'il aurait bien aimé voir aussi la femme du flic toute nue là-dedans.

Le lendemain la chaleur atteignit 41° à l'ombre ; beaucoup de vieux furent hospitalisés. Soudain tout devenait jaune dans leurs yeux et ils cherchaient leur porte en tâtonnant contre les murs. Certains s'effondraient en pleine rue sous le coup de merlin de midi. Les fontaines pleuraient famine, on coupa l'eau l'après-midi ; ceux qui possédaient pelouses et piscines furent mal vus.

Le butin des deux amis agit sur eux comme une brise ; ils vendirent en douce deux trois bricoles chez Gaby et s'offrirent le soir le menu gastronomique dans le meilleur restaurant, sur la place de l'Hôtel-de-Ville. Un groupe rock s'installa devant eux sur une petite estrade dressée entre quatre platanes vert menthe. Ils ne se débrouillaient pas trop mal ; le pianiste chantait d'une belle voix cassée par le tabac et la bière ; deux danseuses s'avancèrent avec beaucoup d'audace, des tambourins volaient dans leurs mains, elles se penchèrent ensemble pour faire chœur vers les micros ; l'une portait une courte robe de velours rouge décolletée devant, l'autre une courte robe de velours noir échancrée très bas dans le dos ; le guitariste avait la tête de Ringo mais ne valait pas un clou.

— Laquelle tu préfères ? demanda Pierrot, attaquant une immense coupe de fraises à la chantilly.

— La rouge, elle bouge mieux.

— Moi la noire, elle ne bouge presque pas mais je suis sûr que c'est une affaire au lit, regarde sa bouche.

Ils n'en pensaient pas un mot. La nourriture et le nuage de fumée de shit posé sur leurs têtes leur donnaient du courage.

— On n'a pas le même goût, ajouta Pierrot.

Sur les lèvres si, pensa Lucien. Ils rêvaient tous les deux à cette fourrure qui attendait au grenier l'instant de caresser ce corps de torture que leur avait ravi la nuit d'été.

Dès le lendemain matin, Pierrot dit à Lucien :

— Je vais descendre à Marseille acheter des balles, le nain doit pouvoir trouver ça, 9 mm c'est ce qu'il y a de plus courant.

Il fit sauter le P 38 dans sa paume. Depuis la veille il n'avait cessé de le contempler, brusquement il dépliait son bras et visait une mouche, une ampoule ou une tête imaginaire qui ne lui revenait pas. Les armes avaient sur lui ce pouvoir de fascination qu'elles exercent sur tous les petits voyous gorgés de cinéma. Il ajouta, un œil fermé, l'autre fixé dans l'axe de la ligne de mire :

— On va passer aux choses sérieuses, professeur.

Il se dressa, glissa le pistolet dans sa ceinture et enclencha une cassette : *Midnight Express*, parbleu ! Il pivota brutalement, tirant son arme et, la tenant des deux mains les bras tendus, visa Lili : Bang ! fit-il.

Impressionnée elle grimpa sur les genoux de Lucien ; depuis quelque temps elle avait pris cette habitude, dès que quelque chose la contrariait, elle venait se blottir sur ses genoux, et tant qu'il ne l'avait pas fait courir elle lui léchait frénétiquement le visage.

Trois gouttes d'eau tombèrent ce jour-là sur la ville, les premières depuis plus d'un mois. Le sol les avala avant même qu'elles ne le touchent. Lucien en profita pour aller promener la chienne. Il l'emmena vers un lieu perdu dans une forêt de pins qu'il aimait beaucoup pour son étrangeté, une ancienne mine de charbon qui avait fermé après la guerre.

Lili manifesta sa joie par quelques bonds très réussis de kangourou, elle n'avait pas quitté le grenier et la rue depuis que le ciel s'était mis à déverser sur la terre des wagons de plomb fondu.

Une fois de plus Lucien erra dans ces bâtiments en ruine, celui du treuil et celui beaucoup plus important des douches. Tout avait été saccagé, arraché depuis belle lurette, de vieux bidons et des gravats encombraient le sol, des bennes ensevelies sous la broussaille rendaient en rouille à la nature ce que pendant un siècle elles lui avaient pris. Un peu plus loin il pénétra par une fenêtre dans une maisonnette sans toit qui avait dû faire office de bar du temps de la mine, elle était pleine de tonneaux et de tables fracassés que la végétation dévorait.

Soudain il entendit dehors Lili aboyer d'une drôle de façon, de cette manière nerveuse qu'elle avait pour recevoir le facteur. Il sortit et ne la vit pas. Il s'approcha de l'endroit d'où partaient les jappements, un immense fourré de ronces impénétrables. Elle était là-dessous et lâchait à intervalles réguliers des aboiements plus sourds et rageurs que lorsqu'elle bourrait un lapin. Plusieurs fois il l'appela mais elle ne voulut rien entendre. Un piège ? Un sanglier ?... Il se dirigea vers la maisonnette où il se souvenait avoir vu une cornière de fer, la ramassa et revint. Lili scandait toujours son appel lugubre. À coups de barre, lentement, il ouvrit un passage dans les ronces ; chacune était beaucoup plus grosse que le pouce et il se demanda comment diable elle avait bien pu se glisser dans un enfer pareil. Parfois, avec la force d'un bras, une branche griffue l'attrapait dans le dos, il se contorsionnait afin qu'elle lâche prise.

Il finit par l'apercevoir : raide sur ses quatre pattes elle faisait face à quelque chose de noir et de beaucoup plus massif qu'elle. Le poil dressé il continua d'avancer à grands coups. Il l'avait presque rejointe lorsque brusquement il comprit : ce n'était pas un animal féroce mais l'entrée d'une galerie.

De la hauteur d'un homme, carrée, cette ouverture sans porte plongeait dans les ténèbres. Il laissa ses yeux s'habituer un moment à ce peu de lumière puis il emprunta l'escalier de béton qui s'enfonçait sous terre. Les parois aussi étaient maçonnées. Plus il descendait, plus la nuit devenait épaisse ; après une quarantaine de marches il ne vit plus rien. Il tenait brandie sa cornière ; il avait surtout peur d'un serpent géant qui aurait gardé l'entrée de cette fosse.

Là-haut Lili s'était tue, sans se décider à le suivre. Lorsque l'obscurité fut totale, elle reprit son raffut. L'écho remonta gonflé cent fois par des profondeurs inouïes. Il descendit encore cinq marches, sa main gauche palpant le mur, un souffle froid vint agrandir sa peur. Un précipice pouvait s'ouvrir, là, juste devant. Il remonta en courant, l'échine glacée par l'haleine du gouffre.

Lorsqu'elle le vit surgir Lili partit comme une dératée, elle ne s'arrêta qu'à la sortie de la mine, sûre de n'être pas suivie. Malgré sa frayeur Lucien dissimula l'étroit corridor qu'il avait ouvert dans la broussaille. Il ne voulait pas qu'on découvrît ce que les années avaient si bien confisqué au monde. À part quelques mineurs trop vieux pour venir jusque-là, qui se souvenait ?

Le soir il raconta sa découverte à Pierrot qui ne l'écouta pas.

— 350, répondit-il rêveusement, de quoi défendre Fort Alamo.

Il tripotait les sept boîtes de cinquante balles que lui avait vendues le ferrailleur nain.

— C'est vraiment un drôle de type, poursuivit-il, tu lui demanderais une demi-douzaine de bazookas qu'il t'emballerait ça comme un kilo de figues... Le préfet doit lui manger dans la main.

Dès le lendemain ils allèrent s'entraîner dans le lit de la rivière, là même où ils s'étaient baignés avec Alice. Ils alignèrent une dizaine de petits bidons vides qu'ils firent à tour de rôle bondir sur les galets en s'éloignant de plus en plus.

C'était une arme compacte, ni trop légère ni trop lourde, à la détente d'une extrême souplesse. Un objet magique qui transmettait à chaque muscle de celui qui l'avait dans le poing une rassurante densité. Oui, Pierrot avait raison, cette arme possédait la précision d'une horloge, plus la faculté d'abolir le temps. Lucien fut meilleur tireur que tous les deux ne l'auraient cru.

Il suffit d'un rien parfois pour que la vie bascule, il y avait eu d'abord Alice dans la leur, puis, beaucoup plus dérisoire, cette grenade et ce pistolet. Leur vie s'accéléra car l'habit fait le moine.

Ils multiplièrent leurs visites nocturnes, ce qui était un moyen de ne pas attendre Alice en mangeant du saucisson. Pierrot chargeait le P38 et le fourrait dans sa ceinture.

— Ah non ! s'exclamait Lucien. C'est le

seul moyen de se faire descendre ou d'en prendre pour vingt ans.

— Qu'est-ce que tu vas chercher, si nous étions vraiment tombés sur le gardien l'autre soir, tu crois qu'il nous aurait lu les lignes de la main ? Il nous allumait comme une fleur !

— N'empêche qu'avec ça on y va tout droit. On croit toujours que ça n'arrive qu'aux autres ; même les pendus, Pierrot, ont des expressions incrédules ; les cow-boys ne se font pas vieux.

— Tant mieux, j'ai horreur des vieux !

Et il dégainait en visant Lucien qui se jetait par terre.

— Ils ont tout le fric et ils ne bandent plus ! ajouta-t-il.

— Si tu continues j'aurai ni l'un ni l'autre, râlait Lucien enroulé derrière le fauteuil.

Très vite leur trésor les submergea. Le grenier se resserra sur un étroit couloir qui allait de la porte aux cabinets entre deux falaises d'appareils vidéo, livres chers, cassettes, miroirs, pâtes de verre, tableaux, lustres, vêtements et autres bibelots dont l'usage, sous cette montagne, devint chaque jour plus incertain.

— Quel enfoiré, ce nain ! fit Pierrot.

Depuis que le ferrailleur lui avait vendu les balles et avait reniflé cette odeur de poudre et de tête brûlée, il refusait d'écouler la moindre babiole.

— Je vais descendre lui enfoncer le calibre dans sa graisse de petit porc et il va nous la faire filer, je te le dis, la marchandise ! Avec tout le pognon qu'il s'est fait sur notre dos !

Le grenier ne lui permettait plus de tourner en rond.

— Laisse tomber, dit Lucien, ce n'est quand même pas le seul fourgue de la région.

— Que je laisse cette crapule ? Bonne nuit les joueurs de flûte ! Ah ! la la ! il n'y a plus de mentalité...

Les falaises crûrent. Entre l'antiquité-brocante des puces et l'arrière-boutique de la droguerie-quincaillerie de Saint-Affrique, le bazar gagna le lit, mura le fenestron, condamna le frigo et ne laissa à la porte d'entrée que la faible marge d'absorber un corps très svelte.

— Si les flics débarquent..., pensa tout haut Lucien.

— Pourquoi voudrais-tu qu'ils débarquent ?

— Pourquoi ?... Ça fait combien de mois que nous n'avons pas travaillé ? Les quatre étages le savent, tu crois qu'ils ne nous voient pas descendre boire le café à onze heures, midi chez Gaby ? Et nos allées et venues la nuit pour monter tout ça, ils ont presque tous des judas sur leurs portes ; la pire c'est celle du premier, la femme du cocu, elle me dit bonjour dix fois par jour avec des sourires à s'en décrocher les oreilles, trop polie pour être honnête.

— Moi quand je la croise je la regarde droit dans les yeux, cette pétasse, ça lui fait peur, maintenant elle m'évite, dès qu'elle m'entend elle referme doucement sa porte.

— N'empêche que je la vois bien filer en douce au commissariat pour se faire bien voir des flics.

— Ou pour s'en faire un, son mari a plus de cornes qu'un panier d'escargots. Elle s'enverrait un lampadaire !... Le mieux ce serait de louer un garage sous un faux nom. Même une cave un peu grande.

Lucien releva la tête :

— La mine ! s'exclama-t-il.

— Quoi, la mine ?

— La galerie que Lili a découverte, je t'en ai parlé, personne n'y est descendu depuis au moins vingt ans.

— Tu es sûr ?

— Mais tu n'écoutes rien ! Depuis quinze jours tu n'as que ce pistolet dans la tête, et comment que je suis sûr ! Sous vingt mètres de broussailles !

Quand ils arrivèrent en voiture c'était presque la nuit. Les branches que Lucien avait disposées afin de camoufler le passage étaient toujours là, à peine un peu plus jaunes.

Lili cette fois refusa de les suivre, démesurément elle penchait sa tête sur le côté pour apercevoir ce qui pouvait bien se passer dans ce tunnel.

Ils allumèrent la torche et s'enfoncèrent dans la galerie que Lucien, à tâtons, avait sondée jusqu'à la chair de poule. Ils descendirent ainsi plus de deux cents marches avant de rencontrer un autre boyau qui partait en pente douce sur leur gauche. Celui-ci beaucoup plus étroit que le grand escalier, n'était plus bétonné mais boisé. Certaines poutres avaient cédé et la terre, par endroits, obstruait un peu le passage.

À mesure qu'ils progressaient une espèce de ronflement monta vers eux, le sol devint beaucoup plus humide et sombre. Le grondement s'amplifia tant qu'impressionnés ils s'arrêtèrent, la boue alourdissait leurs pieds.

— Ce doit être une rivière souterraine, dit Pierrot.

Il passa la main sur un étai, une poudre verdâtre s'en détacha.

— Tirons-nous vite fait ! Depuis le temps le bois est complètement pourri avec cette eau partout, ajouta-t-il, tout peut s'effondrer d'un moment à l'autre.

Ils retrouvèrent l'escalier, bien sec, lui. Ils donnèrent quelques bons coups de pied afin de décoller l'énorme semelle de boue et descendirent encore une centaine de mètres jusqu'à ce que la maçonnerie disparaisse. Les marches s'arrêtaient là. Deux nouveaux boyaux filaient vers les entrailles de la terre ; comme le précédent, là-haut, ceux-ci étaient boisés. Ils ne s'y aventurèrent pas. Le grondement, leur sembla-t-il, roulait aussi là-bas au fond.

— De toute façon, dit Pierrot, on ne va pas descendre la marchandise ici, si des jeunes ou des chasseurs découvrent le souterrain ils feront comme nous, ils viendront jusque-là.

— Il suffit de bien refermer les broussailles. Tu ne trouves pas ça incroyable ? Personne n'est venu ici depuis peut-être la fin de la guerre, nous sommes sans doute les premiers.

Pierrot hocha la tête.

— C'est une sacrée chienne quand même pour avoir découvert ça, on peut cacher ici n'importe quoi.

Lorsqu'ils débouchèrent à l'air libre ils eurent l'impression qu'il faisait encore jour, la nuit pourtant était complète. Une légère brise astiquait les étoiles. On venait juste d'entrer dans l'automne. Lili les attendait la tête toujours penchée, l'oreille cassée en bonnet de nuit. Elle n'avait pas bougé d'un millimètre.

Ils durent effectuer douze voyages pour transporter tous leurs trésors. Une fois de plus la carrosserie de la 404 raclant le bitume lança dans le noir quelques belles gerbes d'étincelles.

Ils refermaient le passage secret en embrouillant les ronces géantes quand l'aube, légèrement, blanchit l'est de la clairière ; les vieux bâtiments ruinés sortirent d'un lac d'ombre comme les mineurs jadis surgissaient de la terre, leurs yeux blancs de fatigue et de sommeil. Un cil de lune était posé sur les plus hautes aiguilles des pins.

Ils connurent en ouvrant la porte du grenier l'étonnement fasciné des trois petits cochons découvrant dans leur lit Boucle d'Or : un dos nu que dévoilaient des draps malmenés ; ses bras ramenés sous la tête, elle dormait dans sa chevelure. En boule, Lili se blottissait contre elle.

Chacun d'un côté du lit ils s'assirent pour calmer leur bonheur. Sans souffle, longtemps ils observèrent le sien soulever doucement l'écume du drap. Le soleil par le fenestron chemina dans la pièce. Le feu de leur regard enfin dérangea son sommeil. Elle se retourna, jeta ses bras en croix ; ses paupières encore closes, ils virent ses jeunes seins s'éveiller. Le plus beau spectacle du monde. Elle entrouvrit un œil et bouche ouverte ils tombèrent sur elle. De toutes ses forces elle les écrasa sur son cœur de vingt ans.

— J'ai passé un été fabuleux, leur dit-elle un moment plus tard, devant un énorme petit déjeuner à la terrasse de chez Gaby. Avez-vous déjà fait de la voile ? Je veux dire sur un vrai voilier ? Avec de vrais mâts et une vraie mer ? Ah ! la la ! Vous ne savez pas ce que vous perdez ! J'ai fait le tour de la Corse et de la Sardaigne puis toute la côte italienne jusqu'à Menton. Sublime ! Figurez-vous que je flânais un matin sur le port de Cassis en admirant les bateaux lorsque quelqu'un a touché mon bras, je me suis retournée, une femme me souriait, élégante et très belle. Elle m'a dit : « C'est beau, n'est-ce pas ? » Et comme je souriais à mon tour elle a pris ma main : « Venez ! » Nous avons gravi une étroite passerelle juste devant nous et elle a ajouté sans lâcher ma main : « Voulez-vous visiter ? C'est une goélette que mon mari a lui-même entièrement dessinée, j'en suis très amoureuse. » Nous en avons fait le tour, elle m'a tout expliqué puis son mari est revenu de la capitainerie et elle nous a présentés. J'avais l'impression qu'elle parlait de moi comme d'une amie de lycée retrouvée avec qui on a fait toutes les bêtises possibles, connu les premiers flirts ; elle était soudain d'une grande gaieté. Lui aussi était élégant, raffiné et très doux, un homme de quarante-cinq ans qui en paraît trente ; ce sont des Italiens, tout de suite il m'a fait penser à Marcello Mastroianni, il en a le charme, la chaleur et l'immense sympathie. Ils m'ont invitée à déjeuner et nous nous sommes si bien entendus, nous avons tellement ri qu'ils m'ont dit : « Voulez-vous venir avec nous, nous partons ce soir pour la Corse ? » J'ai répondu oui tout de suite, sans réfléchir. C'était si extraordinaire ! Vous ne trouvez pas ça extraordinaire ?...

Paralysés, Lucien et Pierrot écoutaient. Parfois une des premières feuilles mortes tombait d'un platane dans leurs cafés intacts et froids. Tout en parlant Alice dévorait.

— Je vous jure que je ne l'ai pas regretté ! Ils sont d'une gentillesse ! Je n'avais pas le moindre tee-shirt de rechange, même pas une culotte, rien ! Elle m'a tout prêté. Si vous aviez vu cette garde-robe !... Je pouvais prendre tout ce que je voulais, elle m'a dit : « Il faut les user, dans deux mois ce sera l'hiver, ils seront démodés. » Des tailleurs comme je n'en ai jamais vus ! Et comme nous n'avons pas la même pointure elle m'a offert trois paires d'escarpins à Ajaccio dans la plus belle boutique ; ça a beaucoup amusé son mari, il a tenu à ce que je les essaye devant lui le soir. Et leur salon... Si vous aviez vu ce salon ! De grands canapés blancs recouverts de toile de bâche, d'immenses coussins blancs passepoilés, un piano blanc qui ne se désaccorde jamais, conçu exprès pour les bateaux, des roses et des lys blancs partout. Chaque matin un homme d'équipage descend en acheter dans un port ; ils ont six marins à bord en comptant le cuisinier. Vous n'avez pas l'air de me croire ?... Ils ont un goût ! C'est comme dans un rêve ! Et sur le pont des chaises longues de Le Corbusier en cuir blanc et chromées. Non, non, je ne mens pas ! Un rêve !... Le soir nous nous installions dans le salon et nous nous amusions comme des fous jusqu'à trois heures du matin. Je leur ai appris la recette du margarita, ils en raffolent ! Nous en faisions de pleines carafes que nous buvions au fil de la nuit en racontant n'importe quoi. Ils parlent français aussi bien que vous et moi avec cet accent, ce petit charme sensuel que ne possèdent que les Italiens. Francesca se mettait au piano et nous chantions toutes sortes de choses.

Connaissez-vous celle-ci ? C'est lui qui nous l'a apprise :

Dans le port de Saigon
Est une jonque chinoise

Vous ne la connaissez pas ? Attendez, elle est merveilleuse :

Mystérieuse et sournoise
Dont on ne connaît le nom
Et le soir dans l'entrepont
Quand la nuit se fait complice
Des Européens se glissent
Cherchant les coussins profonds
Opium ! Poison de rêve
Fumée qui monte au ciel
C'est toi qui nous entraînes
Aux paradis artificiels.

Elle éclata de rire.

— N'est-ce pas qu'elle est fantastique ? Il la chantait à vingt ans quand il n'était lui-même encore qu'un simple marin.

Pétrifiés les deux amis eussent préféré la voir revenir violée comme la dernière fois que déplaçant toute cette lumière.

— Puis Francesca venait s'asseoir avec nous sur le divan, elle est longue, mince, bronzée, vous en tomberiez à l'instant amoureux. Elle se débrouillait toujours pour que je sois entre elle et Corrado qui racontait des histoires étranges et comiques, rien que sa voix me faisait fondre, je fermais les yeux et je voyais Mastroianni... Elle s'en apercevait et le faisait parler exprès en se serrant contre moi ; aucune trace de jalousie, bien au contraire... Je suis sûre qu'elle était heureuse que son mari me fasse un tel effet.

— Mais qu'est-ce qu'ils font dans la vie ces gens ? l'interrompit brusquement Pierrot. Ils glandent toute l'année ? Et le fric ? Ils le prennent où le fric ?

— Je ne sais pas, je n'ai jamais pensé à le leur demander, la vie est si facile avec eux, si... hors du temps. Il y avait toute la journée de la très belle musique à bord, le salon est tapissé de livres.

Une feuille de platane tomba sur leur table, d'une pichenette Alice la chassa.

— Ça me flanque le cafard, dit-elle allumant une Dunhill bleue. Il y avait aussi un enfant adorable sur le voilier, c'est le fils de Corrado, pas de Francesca, il a six ans. C'est moi qui l'endormais tous les soirs en lui passant délicatement mes ongles dans le dos, il ronronnait sur son coussin qui sentait la lavande. Il est si joli que c'est la première fois de ma vie que j'ai eu envie d'avoir un enfant.

Trois gamins du quartier traversèrent la terrasse en s'arrachant un skateboard, elle leur fit signe de venir, fouilla dans son sac et leur donna à chacun six francs pour s'acheter une glace. « Venez tout à l'heure au grenier, leur dit-elle, je vous ferai des crêpes. » Ils l'embrassèrent tous les trois sur la pointe des pieds et entrèrent en courant chez Gaby. Elle semblait les connaître très bien.

Je te les saborderais volontiers ces putains de riches ! pensait Pierrot depuis un bon bout de temps lorsqu'il revit, là-haut dans le placard, le manteau de vison. Il s'éclaira. Il tenait là le moyen de couler la goélette.

— Nous aussi nous avons une petite surprise pour toi, lui dit-il, retrouvant soudain au fond de son œil mort une paillette de malice, même si nous n'avons pas la culture et la sensualité de tes mangeurs de pâtes. Encore que le professeur pourrait leur en remontrer question culture, n'est-ce pas, Lulu ?

— Cache-lui les yeux ! fit-il à son ami en entrant dans le grenier.

Pendant qu'Alice riait il fit glisser la fourrure sur ses épaules. Libérée de son bandeau de chair elle avala un petit cri :

— Mon Dieu qu'il est beau !

Elle voleta sur elle-même, posa sa joue sur son épaule, se caressa, ramena sous son menton la moire vivante.

— Pour du synthétique il est magnifique ! poursuivit-elle. J'ai failli m'y casser le nez !

— Quoi, synthétique ! lâcha Pierrot.

— Je dis que c'est rare de voir une imitation aussi parfaite, on jurerait que c'est du vison.

— Parce que le... Ce n'est pas... le... du..., s'emberlificota-t-il.

— Vous êtes mes anges gardiens, je ne le quitte plus de l'hiver ! Ça tombe à pic, j'ai une nuée de petits chiffons pour l'été que je traîne depuis des années et plus rien pour l'hiver, mais ce qui s'appelle rien ! Vous ne pouvez pas me faire plus plaisir !

Elle attrapa, comme à son réveil, leurs deux têtes ensemble qu'elle noya dans l'imitation. Le visage dans la chaleur du poil, Pierrot se demandait jusqu'où prenait l'eau la goélette.

Lucien regardait la pluie piétiner les toitures et derrière le campanile, très loin dans la plaine, de longs nuages bas courir à travers champs. Le ciel ressemblait à un vieux matelas éventré qui disperse sa laine. Presque cinq mois qu'il n'avait pas plu. Il pensa avec plaisir que d'ici quelques jours des nuées de champignons bosselleraient la terre de leurs crânes ronds si les nuits restaient douces. Les yeux fermés il s'en créait l'odeur lorsque Pierrot rentra :

— Un coup unique ! claironna-t-il.

Lucien perdit la trace des champignons ; il ouvrit les yeux, se retourna. L'autre était trempé comme une soupe, il rayonnait.

— Assieds-toi et ouvre bien tes oreilles ! Un coup unique, professeur ! De quoi se les rouler tout l'hiver au coin du feu sans être obligé chaque nuit d'aller casser une villa.

Lucien flaira à quelque signe imperceptible qu'on ne lui proposait pas une place de cadre dans la plus quiète administration, aussi refusa-t-il de s'asseoir.

— Terminé les risques pour trois fois rien ! Le jackpot, Lulu ! Le jackpot ! Fini le travail de gitan ! Nous ne sommes pas faits pour rester toute notre vie des voleurs de lapins !

À sa manière justement de tourner autour du pot, Lucien fut convaincu qu'on était à des années-lumière de l'administration.

— Au moins un an de salaire à cueillir comme une fleur ! Il n'y a qu'à se baisser, une affaire en or. Ne fais pas cette tronche, bon Dieu ! Tu as déjà plongé à cause de moi ?... Alors ! Écoute-moi bien, je te le sers tout chaud.

L'œil de Lucien n'était pas près de s'éclairer, il se lança donc :

— Tous les derniers samedis du mois les

grandes surfaces explosent, les gens savent qu'ils vont recevoir leur paye, ils ne comptent pas, ils se défoncent, ils s'en foutent plein la lampe pour un mois ! Tu imagines un peu le nombre de caddies ? Les centaines et les centaines de caddies bourrés jusqu'à la gueule ! Essaie de voir dans ta tête le monde que ça fait le dernier samedi à l'Intermarché de Digne... Tu le vois ? Juste derrière la vieille ville ? Cinq caisses où depuis neuf heures du matin les gens font la queue, cinq caisses qui ne peuvent plus se fermer tellement elles débordent. Tu te rends compte du paquet ! Bon, alors écoute bien !

Plus Pierrot s'approchait de ce fameux paquet, plus il oubliait les yeux sombres en face de lui. Il prit une cigarette, en tapota longuement l'extrémité sur son ongle, rejeta sa mèche en arrière. Un carré d'as flambait dans ses mains.

— Vers midi et demi, une heure, la caissière en chef fait le tour des caisses, elle ramasse tout sauf un fond de monnaie qu'elle laisse dans chacune, elle monte tout ça dans la salle du coffre, elle s'enferme à clef et elle compte. Tu me suis ?

Il parlait mais n'était plus là. Il avait suivi la caissière le long des gondoles de l'Intermarché, s'était enfermé là-haut avec elle, maintenant il comptait. Il faisait des piles : les grosses et les petites coupures, toute la monnaie dans un sac.

— Quand elle est sûre de son chiffre, elle téléphone à la Banque populaire de la Côte-d'Azur, boulevard Victor-Hugo, cette avenue immense juste de l'autre côté de la vieille ville. Là, deux employés quelconques montent dans une voiture et viennent chercher le fric, toujours les mêmes, dans une R5 blanche... Tu me suis toujours ?... Merde !

La cendre de sa cigarette venait de tomber sur son pantalon, il la chassa du revers de la main.

— Pendant ce temps la caissière en chef guette par un judas. Les deux types s'amènent, elle ouvre, ils recomptent et tout ce pognon sort dehors, dans la rue ! À l'air libre ! C'est là qu'on intervient, Lulu ! Entre l'Intermarché et la banque. Où exactement... Il faut voir sur place. Avoue que c'est servi sur un plateau ?

— Et c'est à quelle heure qu'on se fait tirer comme des pigeons ?

— J'en étais sûr, ricana Pierrot le regard jeté au plafond. C'est dommage, tu n'es pas bête mais qu'est-ce que tu peux être trouillard, mon pauvre ! Ce sont de simples employés de banque, ils ne sont pas armés !

— Comment le sais-tu ? Quel est le tordu qui t'a donné ce coup fumant ?

— Ah ! la la ! En cavalant sous la pluie je me disais, ça ne sert à rien de lui en parler il va partir en courant. C'est un copain du poker qui m'a donné le truc, il se fait une caissière.

— Et comment le sait-elle, la caissière, qu'ils ne sont pas armés tes employés ?

— Elle le sait !

— De toute façon armés ou pas c'est tout pareil ! Qu'il y aille ton copain puisqu'ils sont gentils comme tout à la Banque populaire de la Côte-d'Azur ! Ça sert à quoi tous ces voyages que nous avons faits l'autre nuit ? Ces tonnes de marchandises qui vont pourrir au fond d'une mine ? ! On n'a pas pris assez de risques comme ça, hein, dis-le-moi ? Ça sert à quoi ?

— Tu veux peut-être faire le porte-à-porte pour vendre un jour un tome de l'encyclopédie, le lendemain une casserole et les suivants un coussin ? Sans fourgue ça sert tout juste à acheter le journal le matin pour trouver du travail.

— Et voilà ! Je l'attendais, le coup des petites annonces par des petits matins d'hiver glacé ! Tu sais Pierrot, l'Italien plein aux as, ce n'est pas avec des casses et des braquages qu'il s'est payé sa goélette, non, il est beaucoup plus malin que ça. Mille fois plus malin que toi ! Même si je n'avais pas vu Alice l'autre jour je saurais qu'elle est revenue, dès qu'elle apparaît c'est la pleine lune, tu deviens dingo !

Pierrot pivota sur sa chaise et fixa le mur.

— Oui, dingo ! Tu ne supportes pas qu'elle te voie tel que tu es, surtout après le coup de la goélette ! Résultat : on tombe de plus en plus bas. Eh oui... Tu me fais penser à une histoire que Steeve McQueen raconte à un vieux péon dans *Les Sept Mercenaires*, c'est un type qui tombe du dixième étage, chaque fois qu'il passe devant une fenêtre les habitants l'entendent répéter : « Jusqu'ici tout va bien... Jusqu'ici tout va bien... »

Pierrot se retourna :

— Je ne comprends pas ?

— Ce n'est pas grave, il ne nous reste pas beaucoup d'étages à parcourir.

— Ça y est ? Tu as fini ton cours de morale ? Tu vas pouvoir aller te planquer dans un coin et lire pour la vingtième fois le même bouquin. Tu aurais dû te faire moine, mon pauvre ! Trappiste ! Il n'y a que ça qui te fait jouir ! Silence et frugalité... Un verre d'eau, trois pommes et un bouquin... Tu veux que je te dise ? Tu me flanques le cafard ! Je préfère encore passer la moitié de ma vie en prison et l'autre à m'éclater ! C'est toute la vie que tu passes, toi, en prison et le pire c'est que tu l'as choisi. Tu l'aimes ta prison ! Alors restes-y ! Bouffe des pommes et va au diable !

Il sortit en claquant la porte mais la rouvrit presque aussitôt.

— C'est ton dernier mot, Lucien ? Je cherche quelqu'un d'autre ?

— Va te faire flinguer par le pape, je ne bougerai pas le petit doigt ! Je préfère être un moine vivant qu'un héros rempli de vers ! C'est clarinette !

La porte ébranla la maison. Lucien entendit hurler dans l'escalier :

— J'en ai marre de vivre avec ce gallinacé qui se couche comme les poules et se lève comme les coqs !

Plus bas dans la cage d'autres portes s'ouvrirent.

Quand la pluie cessa, Lucien enfila ses bottes et Lili fit dix fois le tour du grenier en dérapant de joie. D'abord ils empruntèrent des ruelles où ils ne venaient jamais, derrière un ancien couvent, par un porche sous un clocher ils sortirent de la ville. Ils longèrent des champs où les pommiers ressemblaient à des chandeliers à cinq branches puis des terres fraîchement labourées que la pluie, par endroits, avait inondées. Le soleil couchant derrière les nuages en dessinait le contour d'éclairs immobiles. Dès qu'elle apercevait de grandes étendues d'herbe, comme une folle Lili partait ventre à terre ouvrir des chemins de rosée. Lucien la perdait de vue ; quelques instants il restait seul. Au fond des prés calmes, les feuilles tombaient goutte à goutte. Il sentait couler, le temps, mais si lentement que ce n'était plus un problème.

« C'est un enfant, pensa-t-il de Pierrot, il ne pourra jamais vivre comme tout le monde, il rêve qu'il est un voyou, un héros, toute la journée il se raconte des histoires d'enfant. »

Lucien se souvint que lorsqu'il était gosse, lui aussi était chaque dimanche soir en sortant du cinéma un héros différent : parachutiste dans la jungle birmane, après un film de guerre américain ; cow-boy ou Indien après un western, plutôt Indien d'ailleurs à cause des plumes, des visages peints et des bracelets de cuivre sur des biceps du même métal ; un sabre à la main et l'œil bandé à la sortie d'un film de pirates ; gangster, chasseur de tigres, évadé. Longtemps dans la semaine il poursuivait dans sa tête les fabuleuses aventures où chaque image n'était que poursuite, bataille, action et au loin, là-bas, la silhouette grise du maître d'école dont la voix était éteinte par le vacarme des galops, le sifflement des flèches, le hurlement des fauves ou le silence étourdissant qui précède l'embuscade.

Pierrot, lui, n'avait pas grandi, il demeurait cet enfant dont la vie se passe à jouer et qui ne peut voir un flic s'avancer vers lui sur le même trottoir sans se dire : « Vas-y, dégaine ! Je serai plus rapide que toi ! » Le monde n'était pour lui qu'une immense cour de récréation où il n'avait plus le droit de se promener des plumes sur la tête ou une épée passée dans la ceinture ; on ne lui autorisait plus que le rôle du voyou.

Mais si on observait un instant la tête des gens avachis derrière leurs bureaux ou courbés dans les chantiers à ne plus se relever le soir, pouvait-on vraiment lui donner tort ?

Lucien savait que coûte que coûte son ami, même seul, braquerait les convoyeurs. Il n'eut pas le courage de l'abandonner.

— Les voilà ! dit Pierrot.

C'était le samedi suivant devant la Banque populaire de la Côte-d'Azur, il était pile midi et demi, les deux hommes venaient de sortir et montaient dans la R5 blanche garée de l'autre côté du boulevard. Depuis une demi-heure, assis dans la 404 un peu plus loin, ils guettaient l'entrée de la banque. Ils n'étaient venus bien entendu que pour repérer, ce n'était pas le dernier samedi du mois.

L'un des deux convoyeurs en costume de lin clair était jeune, souple et grand, l'autre était plus âgé, plus petit et plus rond, il portait une barbe marbrée de blanc, ses yeux étaient plus inquiets. Il prit le volant.

Pierrot laissa entre eux deux voitures. La R5 remonta le boulevard Victor-Hugo jusqu'au boulevard Gassendi qu'elle longea jusqu'au rond-point du 11-Novembre où un camion débouchant du pont vint s'ajouter aux voitures qui les précédaient. « Merde ! fit Pierrot. J'y vois plus rien ! » et il le doubla dans l'avenue du 8-Mai-1945, juste au moment où le véhicule de la banque s'enfilait dans la traverse des Eaux-Chaudes.

— Fais attention ! dit Lucien, ne te fais pas remarquer avec notre voiture de gitan.

— Ce n'est pas le moment de les perdre, on arrive.

La R5 se gara derrière l'Intermarché, eux un peu plus loin en double file.

— Exactement cinq minutes pour venir, dit Pierrot, c'est à présent qu'il faut ouvrir l'œil, ils vont sortir avec le fric, il ne faut pas rater un seul de leurs gestes.

Le cerveau de Lucien enregistra cette phrase et le lui fit sentir :

— Il y a encore pas mal de monde qui entre et qui sort, on ne sera pas seuls.

— Six minutes, annonça Pierrot, voyant réapparaître les deux types.

L'inquiétude des yeux du petit poivre et sel avait gagné ceux du jeune sportif, sa souplesse s'était convertie en prudence. La sacoche de cuir marron qu'il tenait dans sa main n'y était sans doute pas pour rien. En un clin d'œil ils fouillèrent les parages et se glissèrent dans leur véhicule.

— Ils prennent exactement le même chemin qu'à l'aller, constata Lucien, ils ne se trompent pas, c'est le plus fréquenté.

En effet, sous les platanes du boulevard Gassendi les terrasses des cafés étaient pleines ; l'automne en Haute-Provence est une saison délicieuse, la plus lumineuse et douce, avant de réintégrer les boutiques les Dignois en souriaient d'aise.

— Pas facile de les intercepter sur la route, il y a du monde partout... Encore cinq minutes pour le retour..., pensa tout haut Pierrot lorsque la R5 stoppa juste devant la banque. Sans prendre le temps de se garer correctement les deux convoyeurs s'y engouffrèrent.

En seconde, les deux apprentis braqueurs refirent le trajet jusqu'à l'Intermarché.

— Pas trente-six solutions, poursuivit Pierrot, c'est ici qu'il faut les coincer, dès qu'ils sortiront avec l'argent, ça nous évite de traverser toute la ville, la gendarmerie est de l'autre côté de la Bléone, sur la route de Sisteron. Dès qu'ils seront prévenus ils vont s'amener par le grand pont, nous on file par la route de Nice et on va se perdre dans la vallée de l'Asse après Mezel et Estoublon. Ni vu ni connu, on évite tous les barrages.

— Tu as déjà étudié la question ?

— Étudié la question ? ! J'ai refait l'itinéraire cent fois dans ma tête ! Ils devraient me le donner ce fric tellement j'y pense... Une semaine que je n'ai pas fermé l'œil.

— Comme ça m'étonnerait qu'ils te le donnent, parle-moi plutôt des deux convoyeurs, ils n'ont pas l'air bourrés de bromure, j'ai même l'impression que le grand est capable de rattraper la voiture en courant.

— Quand il aura vu l'œil noir du P38 juste entre les deux siens, je crois qu'il s'y mettra pour quelques jours au bromure et pas au compte-gouttes, c'est moi qui te le dis !

— Quoi P38 ? bondit Lucien, qu'est-ce que tu racontes ? On fait le coup ensemble, d'accord, mais pas question d'arme à feu ! Tu te rends compte si ça se passe mal et qu'on tire ? Pour quelques millions on a deux morts sur les bras et on prend perpète.

Ahuri, l'autre le dévisagea.

— Et comment veux-tu la prendre la sacoche ? À coups de figues ? Ou en leur promettant de ne pas être emportés par l'apocalypse avec l'indestructible assurance d'un témoin de Jéhovah ?

— Je ne sais pas, moi... On peut leur sauter dessus par-derrière avec des matraques... N'importe quoi sauf le revolver.

— Et s'ils sont armés ?

— Comment ça armés ? Tu m'as dit que c'étaient de simples employés ! Il faudrait savoir !

— Justement, on ne sait jamais...

— Bon, eh bien, si on ne sait jamais, demi-tour je rentre, je n'ai pas envie que ta prétendue promenade de santé se transforme en champ de mines.

— D'accord, d'accord, on se procurera des matraques, mais permets que j'emporte le flingue même s'il n'y a qu'une chance sur mille qu'il faille s'en servir.

— Si quelqu'un le prend ce sera moi ! je suis aussi bon tireur que toi et en tout cas beaucoup moins fada ! Je me demande vraiment ce que je fous avec un détraqué pareil... Hier dans les cabinets j'observais une araignée qui se nourrissait d'une fourmi prise dans sa toile, j'ai de plus en plus l'impression d'être cette fourmi. Tu me grignotes la tête, Pierrot ! Tu me squattes le cerveau !

— Et toi tu compliques toujours tout ! Tu me fais penser à ces archers zen dont le but n'est pas d'atteindre mais de louper la cible... des matraques...

Ils rentrèrent par l'itinéraire que Pierrot avait concocté pour leur repli dans un silence qui ne troublait pas le beau paysage d'automne, le long de cette petite départementale qui sentait la rivière entre des champs vert tendre et des bois de chênes dont le feuillage n'avait pas commencé à roussir. Ils firent s'envoler des corneilles et des pies étonnées de voir passer en plein après-midi d'octobre quelque chose qui ne ressemblât pas à un tracteur. Sur les collines les hameaux avaient tiré leurs volets pour l'hiver et Lucien fut heureux de penser que tous les enfants étaient enfermés dans des classes obscures alors qu'il avait, lui, la possibilité de chercher des champignons dans la belle lumière dorée. De son enfance il n'avait aimé que les vacances, surtout les grandes à cause de l'horizon si lointain de la rentrée ; il se rendait compte à la tiédeur de l'air qui caressait son bras posé sur la portière, vitre baissée, et à la légère brûlure du soleil sur ses cuisses et son ventre à travers le pare-brise, qu'octobre était sans doute le plus beau mois de l'année, jadis l'école en avait fait le plus triste.

L'ouest était droit devant eux. À la veille

peut-être de la perdre, Lucien sentit une immense sensation de liberté l'envahir.

— Lucien !... Lucien !...

— Hein ?... Quoi ? Qu'est-ce qu'il y a ?

— Je pensais que si nous faisions le coup avec des matraques, ça sera plus long et ils risquent de gueuler, le temps de mettre la bagnole en marche et de démarrer les gens peuvent nous coincer. Il nous faudrait un chauffeur.

— Mais bordel, tu as vu l'heure qu'il est ! Quatre heures du matin, je viens à peine de m'endormir à cause de ton putain de braquage ! Si ça continue comme ça on aura tout juste la force de relever la matraque et on s'endormira le bras en l'air devant eux ! Tu as décidé de me rendre malade ? Tu veux que l'argent de l'Intermarché serve à payer mes frais d'hospitalisation ? Je te signale que nous n'avons toujours pas la sécu !

— Arrête de geindre, c'est important ce que je te dis ! C'est ou le flingue ou le chauffeur, je tourne depuis hier soir dans mon lit, pas d'autre solution.

— Si, le sommeil ! Le sommeil, bon Dieu ! N'abuse pas de mes paupières, elles ne sont pas électroniques !

Ils se disputaient ainsi dans l'obscurité totale, Pierrot s'était dressé sur son coude les yeux grands ouverts, l'autre avait tiré le drap sur sa tête afin de ne plus rien entendre.

— J'ai pensé à quelqu'un... Tu ne veux pas savoir qui ?

— Non !

— Je vais te le dire quand même, c'est le Plat du Jour.

— Qui ?

— Le Plat du Jour ! C'est un camé. On l'appelle comme ça parce qu'il est toujours à point mais c'est le meilleur chauffeur que je connaisse.

Lucien rejeta le drap et lança dans sa direction, sans le voir, un regard venimeux :

— Un camé ? Non mais tu te fous de moi ! Tu veux qu'il se trompe de route et qu'il s'encadre dans la gendarmerie ! Tu sais qu'on peut devenir dingue à cause du manque de sommeil ! Dès demain je te forcerai à prendre des somnifères et pas des non-barbituriques, crois-moi ! De ceux qui vous assomment un bœuf !

Melrose, que Pierrot appelait le Plat du Jour à cause de la poudre, était un Noir d'une trentaine d'années. Long et taciturne, il portait été comme hiver un costume blanc. Depuis quelque temps il était disc-jockey dans une boîte de nuit que l'on avait plantée sur les rives d'un petit lac bourbeux et poétiquement baptisée l'Hippocampe car la piste de danse aménagée dans les caves d'un gros pavillon était située sous le niveau du lac.

Ils poussèrent la porte du réduit où vivait Melrose, trois heures de l'après-midi sonnaient. L'odeur du sommeil, la pénombre et le silence les renseignèrent : il dormait toujours. Pierrot ouvrit le fenestron, retira la couverture qui y était coincée afin d'arrêter le peu de jour qui avec peine se glissait au fond d'un puits de deux mètres sur deux où donnait la pièce. Lucien fut frappé par la pauvreté du lieu : une seule chaise sous un monticule de vêtements et un matelas posé par terre où quelqu'un remua avant de s'extirper. Une autre boule de vêtements était entassée dans un coin.

— Qu'est-ce qu'il y a ? grogna le Noir s'asseyant dans son lit.

Malgré le furoncle qui, comme une ampoule de soixante watts, poussait sur son épaule, sa peau très fine semblait de la douceur d'un havane. Chacun de ses bras était marqué d'un tatouage où le rouge et le vert dominaient ; l'un des deux représentait un fer à cheval avec un aigle royal, les mots « Pas de chance » étaient inscrits en arc de cercle sur l'autre.

— Qu'est-ce que ça veut dire ? fit Pierrot.

— Quoi ?

— Pas de chance.

Melrose regarda son épaule.

— C'est quand mon pauvre père avait son cancer et qu'il souffrait tellement de ce bras.

— Je crois que tu la tiens, cette fois, ta chance. Le paquet, Melrose ! Le gros ! Deux heures de boulot et de quoi te poudrer pendant des mois sans sortir du lit.

— Quelle heure il est ? dit le Noir avec une ombre d'accent martiniquais.

Lucien se demandait s'il se piquait ou s'il sniffait ; une cuillère à soupe traînant sur le sol à côté d'une bougie plantée dans une bouteille de Black and White le renseigna. « Avec tous les types qui conduisent comme des dieux, il est juste allé me choisir ce junkie », se dit-il.

Pierrot s'assit sur le matelas et en quelques mots expliqua l'affaire. Ils avaient dû déjà travailler ensemble car l'autre demanda en observant Lucien :

— C'est pour quand ?

— Samedi.

— Vous vous occupez de tout, j'ai qu'à conduire ?

— De tout !

— D'accord, laissez-moi dormir, je te dirai ça demain et ferme-moi cette fenêtre en sortant.

Une fois dans la rue Lucien s'insurgea.

— Mais c'est un clodo, ce type !

— Je te dis que c'est le meilleur et il est plus discret qu'une souris de presbytère.

— Ça, je te fais confiance, il est presque mort.

Le vendredi soir ils volèrent le fourgon d'un marbrier, bleu, banal, un de plus, puis ils fracturèrent la porte d'une cabane de chantier et s'emparèrent de trois bleus de travail et de trois casques en plastique jaune. Ils allèrent se coucher, une pierre chaude dans le ventre. Celle de Lucien était beaucoup plus lourde. C'était pour le lendemain.

Il eut beau se tourner et se retourner toute la nuit sur son matelas, le poids de sa pierre ne fit que croître. Cent fois, les yeux ouverts, il abattit une matraque sur la tête de son convoyeur, cent fois celui-ci se retourna, étonné d'être décoiffé par un courant d'air. « Si je n'arrive pas à m'endormir, se disait-il, il ne sentira même pas le courant d'air. J'ai l'impression d'avoir les quatre membres en coton, la trouille ne me passera pas d'ici demain, c'est sûr. Il faudra qu'il me porte jusqu'au fourgon... Si au moins une catastrophe se produisait cette nuit, qu'on ne soit pas obligés d'aller là-bas. »

Il eut envie de pisser mais n'osa pas affronter ses jambes. Le jour se leva. De peur il s'endormit.

Un moment plus tard il se réveilla, une cuillère tintait dans une tasse. Il n'ouvrit pas les yeux, ne bougea pas. « Si on pouvait arriver trop tard, pensa-t-il, crever sur la route ou tomber en panne. » Une main secoua son épaule.

— Ho ! professeur ! C'est l'heure ! Allez, debout, dans un moment on sera riches !

On lui aurait dit : « Allons courage ! Il faut monter sur l'échafaud ! » que son cœur ne se serait pas vidé plus.

— Toi on peut dire que tu n'as pas le trac, poursuivit l'autre, j'ai passé la nuit à gamberger et toi tu dors comme un sonneur ; tiens, bois ce café, après tu seras capable de m'assommer un âne.

Un instant Lucien se crut paralysé ; il s'aperçut que c'était Lili qui était couchée sur lui en travers du lit. Épouvanté il constata qu'il pouvait se lever. Ses jambes avançaient.

Lorsque midi sonna ils entrèrent dans Digne. Melrose conduisait le fourgon. Ils étaient tous les trois vêtus d'un bleu de travail, un casque de chantier sur la tête. Ils avaient dissimulé la 404 dans un bois de pins, à dix kilomètres de là sur l'itinéraire de repli. À cette heure les boulevards de ceinture étaient engorgés ; au pas ils vinrent se garer sur le trottoir contre l'Intermarché, dans la position du départ.

— Toi, dit Pierrot à Melrose, cache-toi à l'arrière jusqu'à ce qu'ils arrivent, tu es le plus reconnaissable, tu passeras devant et tu mettras en marche lorsque je taperai contre la tôle. Nous on va rester dehors comme des ouvriers qui cassent la croûte entre midi et deux, j'ai préparé des sandwiches.

Ils s'installèrent à quelques mètres de là, sur un petit mur surmonté d'une grille de jardin d'où ils pouvaient apercevoir l'arrivée de la R5 et la porte en fer par où sortirait l'argent.

— Mange lentement, Lulu, il faut que ça nous dure jusqu'à ce qu'ils soient là sans éveiller de soupçons.

— Ça me durera plus que ça, je n'arrive pas à avaler une miette.

Une tenaille de feu mordait son ventre : d'un côté la matraque que Pierrot avait fabriquée, tuyau de plomb gainé de caoutchouc, de l'autre le P38 glissé dans la ceinture. Il avait malgré tout réussi à obtenir ça.

Des gens passaient sur le trottoir les bras chargés ; des hirondelles traçaient à l'encre de Chine dans le ciel calme des traits qui s'effaçaient aussitôt. Ni les uns ni les autres ne faisaient attention à eux.

« Que ce doit être agréable, pensa Lucien, d'être un simple ouvrier qui attend cinq heures pour rentrer chez lui fatigué et heureux. » Depuis un bon moment il tentait en vain de déglutir sa première bouchée.

— Prends un air plus naturel, dit sourdement Pierrot, tu ressembles à un lapin qui se serait pris les roustons dans une machine à coudre.

Lucien se redressa, tira sur un sourire.

— J'ai les nerfs en compote, répondit-il, mon cœur ne passera pas la journée.

— Pense au Plat du Jour qui est enfermé tout seul là-bas dedans et qui ne sait même pas ce qui se passe !

— Là tu m'as rassuré ! Si ça se trouve il se fait un shoot.

— Midi vingt-cinq, ils ne devraient pas tarder, tu es prêt ?

Lucien s'aperçut que son sandwich était incrusté dans ses mains tant il l'avait serré. Sur le boulevard de ceinture les voitures roulaient mieux.

— J'ai envie d'aller aux cabinets, dit-il.

— Trop tard, c'est la demie.

Quelques minutes s'écoulèrent où Lucien aurait pu prendre place, tel quel, au musée Grévin.

— Mais qu'est-ce qu'ils foutent, bordel. Moins vingt !

Les paupières de Lucien crissèrent sur ses yeux asséchés.

— Quelqu'un d'Intermarché nous a peut-être repérés, balbutia-t-il, ils ont dû téléphoner à la banque.

— Ne raconte pas de conneries ! Il y a des millions d'ouvriers qui bouffent tous les jours au bord des routes !

— Pas derrière un Intermarché le jour d'un transport de fonds ! Je te rappelle que depuis ce matin le signalement du fourgon et son numéro sont dans toutes les gendarmeries !

— Arrête d'être négatif ! Tu vas nous porter la scoumoune ! Moins le quart...

— Si à moins dix ils ne sont pas là je me tire ! Encore cinq minutes tu m'entends ! pas une seconde de plus ! Ces gens-là sont des horloges, ce n'est pas normal ! Je te dis que ce sont les gendarmes qu'on va voir déboucher !

— Fais quelques pas, ça te fera du bien, respire profondément, tu es beaucoup trop tendu... Tiens, va jusqu'au bout de l'impasse, au moins tu les verras venir de loin.

— Dis-moi l'heure d'abord.

— Quand tu reviendras !

— Maintenant !

— Je te dis de faire un tour, ce ne sont pas des yeux que tu as mais des globes ! On dirait que tu viens de t'injecter un demi-kilo d'héroïne coupée avec de la mort-aux-rats !

— Dis-moi l'heure, je suis sûr que c'est moins dix !

— Moins douze.

— Fais voir !

— Je te dis que c'est moins douze, nom de Dieu !

— Tu mens ! Je m'en vais, salut !

Il enlevait son casque lorsque la main de Pierrot arrêta son geste.

— Bouge pas, les voilà !

La R5 blanche venait d'entrer dans l'impasse, elle s'avançait doucement, les deux hommes étaient à bord. La vue de Lucien se troubla. Des mouches d'or tissèrent l'air de façon très symétrique.

Ils se garèrent un peu plus loin, sortirent de la voiture, jetèrent un coup d'œil à l'entour, s'appesantirent un instant sur les deux ouvriers casqués et pénétrèrent dans la grande surface par la porte latérale.

— Mets tes lunettes noires, chuchota

Pierrot, on va s'approcher et n'oublie pas, dès qu'ils sortent on leur tombe dessus, on a cinq mètres, pas un pas de plus.

En passant près du fourgon il toqua doucement contre la tôle. Le Noir enjamba le siège et s'installa au volant. Lorsqu'il mit le contact Lucien crut que la terre entière sursautait et se tournait vers eux. Il décolla le sandwich de ses mains, le jeta. Du bout de ses doigts tremblants il palpa la matraque à travers le tissu de sa veste. Ils étaient maintenant tout près de la porte.

— Tu vois ces fils ? dit Pierrot à haute voix. Il faudrait changer le poteau de place, ils sont beaucoup trop bas. On va prendre l'échelle.

— Quoi ?

— Ces fils sur le toit, ce sont eux qui gênent.

Il montrait une ligne électrique ; très bas il ajouta entre ses dents :

— Fais semblant de t'intéresser, on nous guette peut-être de l'intérieur.

Si Lucien à cet instant avait pu partir en courant, il ne se serait pas posé la question de la confiance que lui accordait encore son ami, par contre celle qu'il avait dans ses jambes était de plus en plus réduite. Il ne décida pas de rester, il fut incapable de partir.

Soudain la porte de fer s'ouvrit, le plus

petit des deux convoyeurs apparut, fit un signe à l'autre qui sortit à son tour la sacoche serrée dans son poing. Le regard des quatre hommes se croisa et durant cette fraction de seconde où les uns, à la vitesse de la foudre, pressentirent le danger, où les autres hésitèrent à effectuer ce bond de panthère qui les séparait encore de l'irrémédiable, la plus brutale angoisse laboura leurs veines.

— Vous n'auriez pas l'heure ? demanda Pierrot.

Dès lors tout se passa très vite. Le temps perdit ses droits. Celui qui tenait la sacoche fit l'erreur de fléchir la tête vers son poignet, l'air siffla et la matraque de Pierrot cingla sa nuque. Les deux bras de l'homme se raidirent et avec beaucoup d'élégance il tomba à genoux.

Lucien s'élança sur le petit gros qui évita le coup d'une souplesse de chat, le tuyau de plomb glissa sur son épaule.

— Au secours ! hurla-t-il. Au secours !

Sa main disparut sous la veste ; le revolver surgit au moment où partait le poing de Pierrot. Il lui colla une droite en pleine figure, le petit homme perdit l'équilibre et alla s'écraser contre la R5.

L'autre qui finalement s'était retrouvé à quatre pattes se releva sur ses genoux. Lucien l'aperçut. Il lui assena sur le crâne, des deux mains, un étourdissant coup de cognée, le convoyeur réintégra la position à quatre pattes.

Plus loin, le raplot avait lâché son arme, Pierrot le finissait contre la voiture à la matraque. Lorsqu'il ne bougea plus il donna un coup de pied au revolver et vint arracher la sacoche de la main du grand qui s'étala comme une crêpe.

— Tirons-nous, cria-t-il. Et il fonça.

Lucien s'apprêtait à le suivre lorsqu'il vit la liasse de billets : elle sortait à moitié de la poche intérieure du veston de celui qui venait de s'étaler. Il se pencha, la retira, palpa l'autre poche. Elle aussi était bourrée.

— Attendez-moi ! beugla-t-il.

Tout l'argent était sur le bonhomme. À mesure qu'il vidait une poche il enfouissait le paquet de billets dans sa chemise où les uns après les autres tous les boutons partaient. Il crut alors entendre une clameur, il souleva la tête : une foule s'avançait vers lui avec des yeux de haine. Il sauta sur ses pieds. La meute le séparait maintenant du fourgon ; impossible de fuir, le mur de l'Intermarché était dans son dos. Il ne fit ni une ni deux, il tira de sa ceinture le P38 et le braqua sur les gens. Il y eut un cri de terreur et la masse se disloqua. Lucien tira deux coups en l'air et tous s'écrasèrent sur le goudron et derrière les voitures.

Il piqua droit devant lui, plongea dans le fourgon par la porte à glissière encore ouverte, il n'avait pas fini de rouler sur la tôle que le véhicule bondit en avant.

Ils surgissaient à peine de la traverse des Eaux-Chaudes que monta du centre de la ville le hululement de plusieurs sirènes de police. Ils surent ensemble que s'ils n'atteignaient pas les premiers le grand rond-point qui distribue chaque issue, ils seraient pris dans la nasse qui se refermait sur eux.

D'un coup de volant Melrose sortit de sa file, pied au plancher, mains sur le klaxon, il fonça sur les voitures qui arrivaient en face. Sur toute la longueur du boulevard il creusa son passage. Affolés les automobilistes se ruaient contre le trottoir. Le cri enragé des sirènes était derrière les premiers immeubles.

Ils déboulèrent comme des forcenés sur l'immense rond-point. Les pneus hurlèrent et cent coups de freins achevèrent de mettre en lambeaux cette belle journée d'automne. À cet instant, une énorme Mercedes tractant une caravane déboucha sur le carrefour, le chauffeur aperçut trop tard le fourgon et braqua tant qu'il put sur sa droite. La Mercedes monta sur le trottoir, défonça la balustrade et dévala le remblai jusqu'à la rivière qu'elle ouvrit en deux gerbes plus coupantes que des faux. La voiture disparut presque entièrement, alors que la caravane se couchait dans le courant. La foule courut vers le pont, plusieurs pare-brise éclatèrent.

Arc-bouté sur son siège, Melrose fonçait maintenant vers le boulevard Gambetta. Par la vitre arrière les deux amis, agrippés à la tôle, regardaient bouche bée le désastre. Bloquées, les sirènes semblaient devenues folles. À tombeau ouvert le junkie atteignit la route de Nice, arracha encore les trois quarts des pneus dans les premières boucles et jeta le fourgon dans la petite départementale qui allait se perdre dans les champs.

Ils abandonnèrent le véhicule volé et au pas de course grimpèrent dans la 404 dissimulée sous les pins.

— Continue d'écraser le champignon ! lança Pierrot. Après ce qui s'est passé ils vont établir des barrages partout !

Il ouvrit la sacoche, sa main en fouilla tous les recoins et sa tête y plongea.

— Merde ! hurla-t-il. On s'est fait avoir comme des bleus ! Que de la ferraille !

Pour la première fois l'égarement habita ses yeux.

— Pas un seul billet, que des pièces...

Il ne pouvait empêcher ses doigts de griffer le fond du cartable, à la recherche d'un double fond. À vue d'œil il se décomposait et le camé dont la peau se dépigmentait très vite n'avait plus un regard pour la route, sans pour autant ralentir.

Tout seul sur la banquette arrière Lucien, dont le cœur venait d'en prendre un coup, jugea prudent d'intervenir d'urgence. Il attrapa dans sa chemise une poignée de billets qu'il lança vers l'avant. Les deux autres en furent submergés.

— Qu'est-ce que c'est ? bredouilla Pierrot. D'où sors-tu ça ?

Lucien retira une nouvelle liasse chiffonnée et leur jeta dessus.

— Combien voulez-vous ? demanda-t-il. Un million ? Deux millions ? Trois ?

Il ponctuait chaque million d'une nouvelle pluie. Les yeux du Noir et la bouche de Pierrot formèrent des ronds d'une extraordinaire perfection.

— Et moi qui croyais que tu avais canné, fit celui-ci le visage inondé de lumière. Tu es un dieu, Lucien ! Un dieu !

Il plongea sur la banquette arrière et de toutes ses forces étreignit, embrassa son ami, arracha les derniers boutons de sa chemise afin que continue la fascinante pluie. Quand l'intérieur de la voiture fut tapissé de billets, il tambourina sur la tête crêpue de Melrose en chantant à tue-tête :

— C'est le dieu Lulu !... Lulu, c'est un dieu !... C'est le dieu Lulu !...

Une crampe de rire tordait le camé sur son siège.

— Il y aura certainement un barrage sur le pont de Durance, interrompit Lucien, arrêtez de déconner, on va prendre par Oraison.

Quelques instants plus tard ils stoppèrent la voiture dans un coin écarté et désert de la ville, ils savaient qu'ici les rondes de police ne venaient pas. C'était une ancienne tuilerie aux toitures crevées que l'herbe avait envahie ; quelques éclats de vitres que les enfants n'avaient pas encore cassées brillaient sur des châssis de fer ; les murs de brique rouge n'étaient recouverts d'aucun enduit.

— Là on sera peinards pour compter, dit Pierrot.

Coupure après coupure, il effectua le partage, celles de 500 d'abord, puis les autres. Il tendit à chacun deux poignées de monnaie.

— On balancera le cartable dans le canal qui passe sous la ville.

— Ça fait combien en tout ? demanda le Noir.

— Ne te fatigue pas, tu auras le chiffre exact demain dans le journal, au centime près.

Après un silence il ajouta :

— Quand j'ai entendu les deux coups de feu j'ai cru que c'était toi qu'ils allumaient, tu as mis un temps... Ça m'a paru une vie.

J'espère qu'il n'y a pas de mort... C'est la caravane qui me tire souci.

— Bon j'y vais, fit Melrose dont la peau à ces mots eut encore tendance à se marbrer de cire.

Il claqua la portière et sa longue silhouette blanche se découpa sur le mur rouge. Il tourna vers le centre de la ville.

— Alors, qu'est-ce que tu en dis ? demanda Pierrot.

— De quoi ?

— Du Plat du Jour, comme chauffeur ?

— Doué.

— Je veux ! C'est le meilleur !... Sans lui nous ne serions jamais arrivés au rond-point avant les flics. Tu sais à quoi je pense depuis un moment ?... Que si je m'écoutais j'irais l'attendre dans son trou de rat et je lui en filerais un bon coup entre les oreilles, bien propre, pour ne pas le blesser... Quand je me dis que tout ce beau pognon va partir en quinze jours dans ses veines. Tu te rends compte ! Toute cette liasse pour un peu de poussière blanche qui va le rapprocher encore de sa mort...

— Eh oui, mais tu ne le feras pas, tu ne seras jamais un vrai truand parce que tu n'es pas tout à fait un fauve.

— Ne crois pas ça, je suis capable de tout ! Lui ce n'est pas pareil, il me fait de la peine...

Peut-être parce que je sais qu'il crèvera bientôt comme tous les junkies. Et puis on s'est connus en taule, on est restés deux mois dans la même cellule, on s'est même battus pour une histoire à la con... Un tube de Nestlé... En tout cas c'est toi qui m'as étonné aujourd'hui ! En les attendant sur le mur j'étais sûr que tu allais flancher et c'est toi qui ramènes le paquet.

À travers le pare-brise Lucien regardait à l'ouest des banquises de nuages flamber au dernier soleil. Des gosses traversèrent en courant la tuilerie déserte, quand ils aperçurent la 404 comme un vol d'étourneaux ils bifurquèrent vers le stade. Sans doute venaient-ils de fracturer quelques voitures et cet endroit abandonné les attirait comme un décor de cinéma. Telles des gouttes de lumière, le son des cloches tomba sur l'horizon.

Le lendemain *Le Provençal* titra en première page :

AGRESSION EN PLEIN CŒUR DE DIGNE
(Article page 5)

Ensemble ils enfouirent leurs têtes dans le journal à la terrasse de chez Gaby.

« Les agresseurs attendaient tranquillement leurs victimes en cassant la croûte en tenue d'ouvriers, juste derrière l'Intermarché. Il était midi, hier, dans la paisible cité de Digne quand... »

Suivait la narration minutieuse de leurs exploits : la bagarre, les coups de feu, la panique, le diable et son train... La fin de l'article les terrifia.

« Des dizaines de témoins qui sortaient de la grande surface ou d'automobilistes qui croisèrent le fourgon des voyous dans sa fuite démente affirment que le chauffeur qui, comme les deux autres, portait un casque, est un homme de couleur, sans doute un Africain. L'un des deux agresseurs serait un gitan, grand, fort et, toujours aux dires des témoins, plutôt beau garçon. Les deux employés de banque qui convoyaient l'argent sont sortis hier soir de l'hôpital, ils ne présentaient que de légères blessures et contusions. En revanche le couple d'Allemands dont la voiture et la caravane sont tombées dans la Bléone serait dans un état plus grave. Le mari coincé sous le volant aurait péri noyé sans l'intervention immédiate d'un brave commerçant de la ville qui s'est jeté à l'eau. Le montant exact du vol n'a pas encore été communiqué. »

— On est dans de beaux draps ! dit Lucien qui n'osait plus relever la tête.

Un nerf se mit à tressaillir sous la peau de sa tempe. Il avait pris dix ans.

— Il n'y en a pas trois cents de Noirs dans la région capables d'un coup pareil, en plus il est fiché ! S'ils l'arrêtent en état de manque, en cinq minutes il nous envoie aux travaux forcés contre un seul shoot. Ah ! Je te jure, c'est une riche idée que tu as eue là ! Quand on est givré comme toi on porte un écriteau ! On prévient !

— T'affole pas ! Je vais lui faire très peur, il faut qu'il quitte tout de suite la ville. Et puis ça peut très bien être une équipe montée de Marseille, regarde la Société générale le mois dernier, c'étaient des Marseillais.

— Avec ta gueule de gitan tout le monde te connaît ! C'est une ville grande comme un mouchoir de poche. Ils ont tous lu l'article ce matin.

— Un casque sur la tête et des lunettes noires c'est impossible de reconnaître quelqu'un, s'il y a des témoignages ils ne tiendront pas. Non, si Melrose se tire nous sommes sauvés, avec le fric qu'il a il peut aller n'importe où, rien ne le retient ici.

— Tu parles !... Il ne nous reste plus qu'à espérer tomber sur un juge qui soit un ancien résistant ou un déporté et qui nous accorde les circonstances atténuantes parce qu'on a failli éliminer deux Boches.

Ils tenaient toujours le journal très haut ouvert devant leurs visages. Sur la tempe de Lucien le nerf n'avait pas cessé de vibrer.

Deux heures plus tard Melrose jeta dans sa vieille Gordini un sac bourré de linge sale et de billets et fonça vers Marseille. Pierrot venait de le convaincre, journal en main, que les flics allaient lui tomber dessus d'une minute à l'autre et qu'ils ne le ménageraient pas : « Tu es notre tendon d'Achille, si tu n'es pas pris on ne risque rien, par contre s'ils te poissent tu vas déguster, ils ne mettront pas de gants avec un Noir qui se came, en plus récidiviste. Fonce, je te tiendrai au courant, tu n'as qu'à appeler chez Gaby le soir entre sept et huit. »

Pierrot revint au grenier. Lucien lui dit :

— Il faut filer nous aussi, au moins quelques jours le temps que ça se tasse.

— C'est le seul moyen de les persuader que c'est nous. Non, il faut vivre normalement.

— Normalement ? Tu ne manques pas d'air ! Ça fait des mois que nous n'avons pas gagné un sou légalement. Qu'est-ce que tu vas leur raconter ?

— Et alors ? Encore quelques heures et on

évite le flagrant délit, nous ne sommes pas les seuls à glander dans cette ville.

— Tout le monde ne glande pas avec une tête de gitan !

— On dira qu'on travaille au noir, d'où la discrétion.

— Reste si tu veux, je me tire ! Tu sais combien ça coûte pour se faire remplacer les dents de devant.

— Tu as peut-être raison... Tiens, prends les clefs de la voiture et va te mettre au vert, je ferai disparaître le fric et les armes, ils n'ont aucune preuve.

Lucien roulait sur la côte d'Azur ; Lili était assise près de lui, très droite, telle une jeune fille brune qui n'aurait pas mis sa ceinture de sécurité. Elle était heureuse. Il avait fourré dans la poche de son blouson de daim une petite poignée de billets de cent francs. Il songea : « Il reste pour Alice, pourvu qu'il ne fasse pas l'andouille avec tout cet argent... Décidément c'est une femme ravageuse comme on n'en trouve que dans les polars, plus ensorcelante que ces créatures aux yeux verts qui laissent glisser de leurs épaules à leurs pieds leur déshabillé pour parler de meurtre ; intelligente et mystérieuse en plus.

Je ne sais pas où ça va nous mener tout ça. » Mais il était très triste de laisser son ami là-bas et... Alice.

Quand ils arrivèrent à la nuit, Saint-Tropez avait la tête en bas, toutes ses lumières étaient dans l'eau. Il s'arrêta devant un petit hôtel sur les hauteurs de la citadelle, demanda s'il y avait de la place. L'hôtelier, énorme et blasé, le précéda jusqu'à une chambre au premier qui s'ouvrait sur une terrasse, juste au-dessus des jardins.

— Je vous préviens, ici c'est interdit aux chiens, ils m'ont déjà abîmé plusieurs moquettes.

« Il a repéré Lili, se dit Lucien, je vais être obligé de la faire dormir dans la voiture. » Il l'emmena se promener sur le port, presque désert en cette saison, puis sur une plage après le cimetière où il lui lança des bâtons. Lorsqu'ils revinrent à l'hôtel deux cars du troisième âge étaient arrivés et dînaient dans un calme ravi.

Épuisé par l'insomnie des jours précédents, il installa la chienne sur la banquette arrière et monta s'écrouler sur le matelas. Vers minuit, soucieux d'elle qui n'avait jamais dormi seule dans une voiture depuis qu'il l'avait recueillie, il se réveilla. Sa place était sur ses jambes, en travers du lit. Il se leva, enfila son slip et entrouvrit la porte :

aucun bruit. Sur la pointe des pieds il descendit, sortit sur le parking. Bien sûr elle était assise, guettait. Dès qu'elle l'aperçut, elle bondit d'un siège à l'autre, la 404 dansa. Il la libéra sans parvenir à la calmer, elle sautait vers son visage pour l'embrasser. Il la saisit fermement par le collier, lui fit « chut » et ils pénétrèrent dans l'hôtel. Elle était si excitée qu'elle l'emporta dans l'escalier, comme une forcenée elle le tirait vers l'étage, ses ongles plantés dans la moquette, chacun de ses muscles tremblait de joie.

Elle s'élança sur le lit, s'y étala en grognant de plaisir. Il eut du mal à étendre ses jambes. Un moment plus tard, dans l'obscurité, il la sentit se glisser sous les draps. De ses quatre pattes elle le poussa afin de faire sa place.

Le jour découpait les volets lorsqu'elle le réveilla ; depuis un moment elle tournait dans la chambre, à chaque passage devant son visage elle lui donnait un bon coup de langue. « Envie de pisser, se dit-il, si elle fait sur la moquette on va l'entendre, le gros ! » Il avait encore trop sommeil pour aller déjà la promener. Il se leva, entrouvrit les volets, au loin la mer se mêlait au ciel pâle, la fit passer sur la terrasse et revint se coucher.

Soudain une grande explosion le fit sursauter, tout de suite suivie par des hurlements. Il s'assit sur son lit. Oui, c'était bien des cris qui montaient du jardin. Il enfila son pantalon et sortit : Lili avait disparu. Il s'avança et vit des vieux qui couraient en tous sens dans le jardin en proie à la plus violente panique. Il fit encore un pas et comprit tout : une bâche rayée vert et blanc partait de l'extrémité de la terrasse et descendait en pente douce vers la pelouse, il y avait un trou en plein milieu. « Merde, elle est passée à travers ! » Il s'élança dans l'escalier.

Elle était debout, raide comme quatre piquets sur la table où elle avait atterri. Les petits déjeuners avaient éclaté dans tous les coins, cafés au lait et chocolats dégoulinaient, beurre et confiture criblaient le sol. Derrière les bosquets les têtes blanches terrorisées continuaient à gueuler, les plus vaillants escaladaient les arbres. Paralysée d'effroi par sa chute et ces cris, Lili n'osait bouger d'un pouce. Ses quatre membres tremblaient. Une pauvre vieille couchée par terre, un fauteuil sur la tête, se débattait, moulinant l'air de ses grêles jambes nues. « Mon Dieu ! lâcha Lucien, elle aurait pu m'en tuer deux ! » Il attrapa sans perdre une seconde Lili à bras-le-corps et courut l'enfermer dans la voiture.

Il remonta dans la chambre chercher son sac et entendit le gros hôtelier brailler en bas contre ce salopard qui avait fait monter son chien. Il se jeta dans l'escalier et le percuta alors qu'il débouchait sur le palier ; l'hôtelier roula jusqu'en bas, rebondissant sur les marches, et s'étala.

Lucien sauta par-dessus le tas et sans se retourner plongea dans la voiture. « Pourvu qu'il n'ait pas pris mon numéro », dit-il en arrachant vingt centimètres de gravier sous chaque roue.

Un peu avant Sainte-Maxime il s'arrêta sur une plage. Lili tremblait encore, deux lambeaux de peau et de poils avaient été arrachés sur les pattes de devant, les chairs étaient à vif. Il voulut rincer les blessures à l'eau de mer mais pensa que le sel risquait d'être corrosif. Ils remontèrent en voiture jusqu'à une pharmacie où on lui conseilla une pommade magique.

« C'est une histoire incroyable, se dit-il, roulant vers l'Estérel, une bête noire de vingt-cinq kilos qui vous tombe du ciel en plein milieu du petit déjeuner, quand je vais raconter ça personne ne me croira... Encore heureux qu'elle soit tombée sur des vieux au cœur solide sinon... Hein, Lili, il t'en sera arrivé de drôles dans ta vie... Il faut dire que tu es un peu folle ! Tu n'aurais pas pu pisser sur la terrasse... Enfin, on s'en est bien tirés, plus de peur que de mal, on est en vacances, demain tu pourras sans doute te baigner. »

Vers midi, ils dénichèrent sur le cap d'Antibes un hôtel rose bonbon qui pour vingt francs acceptait les chiens. Quand elle aperçut la bâche rayée, Lili détala ventre à terre.

— Qu'est-ce qui lui a fait si peur ? demanda en riant la patronne, une éblouissante femme de quarante ans dont les joues étaient du même rose exactement que la façade.

— Ma foi... Avec les setters vous savez il ne faut pas trop se poser de questions.

— En tout cas ils sont affectueux comme personne, j'ai eu deux irlandais tout feu, la mère et le fils, ils vivaient sur moi.

— J'aimerais bien être irlandais, lâcha Lucien.

À la même seconde il sentit que n'importe quel chauffeur routier aurait fait la même réflexion. Il rougit jusqu'aux oreilles. Il avait dit ça par timidité afin de ne pas le paraître. Elle l'abandonna dans le jardin avec un sourire plein de sollicitude et disparut dans le bonbon.

Le lendemain matin, à six heures, Pierrot fut réveillé en sursaut par une série d'explosions ; il s'assit dans son lit. Quelqu'un ébranlait la porte à coups de poing d'une rare violence.

— Police, ouvrez ! cria-t-on. Ouvrez immédiatement ou on enfonce la porte ! La maison est cernée !

« Merde, se dit-il, cette fois je suis bon. »

À poil il alla ouvrir. Dès qu'il eut tourné le verrou, une meute lui tomba dessus et le cloua au sol. Pendant que deux flics le tenaient, d'autres mirent le grenier sens dessus dessous. Il compta en tordant ses yeux quatre paires de jambes en uniforme, deux en civil.

« Ça doit chauffer, pensa-t-il, ils ont mis le paquet. Si je me laisse impressionner je suis foutu. »

— Montrez-moi le mandat de perquisition ! cria-t-il.

— Il n'y a pas de mandat de perquisition dans le droit français, alors boucle-la ! répondit sèchement un inspecteur. Tu auras bien le temps de nous raconter ta vie tout à l'heure ! Allez, habille-toi !

Il lui jeta ses vêtements après les avoir fouillés. On le redressa et il enfila un pull, un pantalon et ses santiags sous la menace des armes. Tous tenaient dans la main un 357 magnum, seul l'inspecteur qui avait parlé était armé d'un 7,65.

On lui passa les menottes dans le dos et il dégringola l'escalier entre deux flics sans presque toucher les marches. Au premier étage la femme du cocu entrouvrit sa porte en robe de chambre :

— Ben, c'est pas malheureux ! On commençait à croire que tout le monde tremblait devant cette fripouille ! glousse-t-elle. Il reste encore des hommes dans la police, ça fait plaisir à voir ! Ah ! Bravo, bravo !

On le poussa dans une voiture ; un fourgon suivit. Les deux véhicules sortirent de la ville vers le nord. « Ils m'emmènent à Digne, se dit-il, ils vont me confronter aux témoins. Pourvu qu'ils n'aient pas arrêté Melrose ou Lucien. » Il se demanda s'il avait affaire aux inspecteurs de cette ville ou si la P.J. de Marseille était montée exprès ; l'agression avait fait du bruit : quatre blessés, des coups de feu. « Ça n'a pas l'air des tendres, j'aurai du mal. » Ils avaient en effet de vraies gueules de truands.

Le ciel s'éclaira sur leur droite, là-bas au-dessus de la dentelle des Alpes où une première neige venait de tomber. C'était un jour vert comme il se souvint en avoir vu l'hiver d'avant, un matin qu'ils revenaient du cuivre. « Que c'est beau ! songea-t-il. On devrait se lever beaucoup plus tôt pour voir une chose pareille, l'humanité à côté n'est que pourriture. » L'échantillon compact qu'il avait autour de lui rendit le vert encore plus beau. Un inspecteur surprit son regard, il dit :

— Tu commences déjà à regretter tout ça...

— Non, répondit-il, je pensais à la couleur verte.

À cette seconde la musique de *Midnight Express* s'éleva dans sa tête.

Quarante minutes plus tard ils se garèrent devant le commissariat et au pas de course grimpèrent l'escalier jusqu'au deuxième étage.

On l'introduisit dans une minuscule pièce triangulaire, l'assit de force sur une chaise en fer, les mains toujours attachées dans le dos. Derrière lui la porte était restée ouverte, il sentit que des flics le regardaient : commentaires, chuchotements...

Une machine à écrire et des piles d'imprimés recouvraient un bureau en fer ; autour les murs étaient beiges, plutôt sales vers le bas, un calendrier y était punaisé ainsi que deux agrandissements de photos en couleurs, l'une représentait des chevaux blancs traversant au galop une rivière, des milliers de gouttes d'eau volaient dans le soleil, l'autre un village blanc dominant une mer très bleue, en dessous était écrit : « Vive la nature. »

En face, d'épais barreaux condamnaient une fenêtre.

L'inspecteur qui avait dirigé les opérations

s'assit de l'autre côté du bureau. Grand, costaud, charmant, il fixa Pierrot de ses yeux gris. Ses cheveux étaient drus, foncés, sauf sur les oreilles où deux petites pattes blanches frisaient. Il déposa le 7,65 dans un tiroir entrouvert à portée de sa main droite.

Le deuxième inspecteur resta debout près de Pierrot : sec, veineux, presque chauve, il paraissait un peu plus jeune que l'autre et portait des lunettes Ray-Ban aux verres jaunes.

— Bon, c'est simple, dit celui qui était assis, on n'a pas de temps à perdre avec des crapules comme toi, ou tu nous racontes tout et tu t'en tires avec le minimum, ou tu vas en baver pendant quarante-huit heures et tu prendras le paquet ! De toute façon cette fois tu es bon, il y a des témoins.

— Je ne vois pas de quoi vous parlez, répondit Pierrot, soutenant ce regard que d'emblée il avait jugé intelligent et viril. Un flic comme on n'en voit que dans les films. Et ça tombait sur lui, eh oui, un os !

Les lèvres de l'inspecteur sourirent, pas ses yeux :

— Moi je vois que tu n'as pas compris, tu veux jouer au plus fort, d'accord on y va !

Il glissa une feuille blanche dans sa machine.

— Nom, prénom, date de naissance et

tout le bataclan ! Qu'est-ce que tu faisais samedi dernier entre midi et deux derrière l'Intermarché avec un fourgon volé ?... N'essaie pas de me mener en bateau sinon ça va barder !

Pierrot se ramassa.

— Samedi ?... Je me suis levé tard comme tous les samedis.

— Et après ?

— Après ?... Je crois que je suis descendu boire un café chez Gaby, puis je suis allé voir jouer aux boules derrière les impôts.

Les lunettes jaunes se rapprochèrent.

— À quelle heure ?

— Je ne sais pas, moi... Vers deux, trois heures.

— Et entre midi et deux, bien sûr, personne ne t'a vu ?

— Si, je devais être chez Gaby. (Il avait prévenu son copain.)

— Et moi je te dis que ton alibi tu peux te le carrer où je pense ! On le connaît ton Gaby ! Samedi tu étais à Digne avec tes deux copains et vous avez blessé quatre personnes ! J'ai au moins dix témoins !

— Eh bien, montrez-les-moi. Ça m'étonnerait qu'ils me reconnaissent.

Lunettes jaunes lui colla une claque très épaisse en plein sur la bouche. Il voulut bondir mais les menottes le renvoyèrent sur son siège ; ses poignets flambèrent.

Le ton monta. Il reçut encore deux ou trois paires de baffes.

— Allez-y, enfoirés ! hurla-t-il pour se donner du courage. Profitez-en, dehors vous rasez les murs !

L'inspecteur se leva, fit un signe, deux uniformes entrèrent.

— Descendez-le et attachez-le au radiateur en attendant les témoins... Non, attendez ! Pas au radiateur, ils l'ont arraché la semaine dernière, attachez-le à l'anneau qu'on a fait sceller dans le mur. Et pas une cigarette, pas une bière ! Rien !

— J'ai envie de pisser, dit Pierrot pendant qu'on le soulevait.

— Tu pisseras tout à l'heure dans ton froc quand tu verras arriver les témoins, allez ouste, dégagez-moi ça !

« Et ça ne fait que commencer, songea-t-il lorsqu'il fut seul face au mur au bout d'un couloir. Quarante-huit heures, je ne tiendrai jamais. »

Vers la fin de la matinée l'inspecteur aux yeux gris vint le chercher, il le conduisit dans un vaste bureau.

— Tu vas voir, les difficultés arrivent, lui dit-il. Tiens, choisis un numéro de un à cinq, je ne t'apprends pas la règle du jeu, on verra après si tu fais toujours le mariole.

Trois ans plus tôt, Pierrot, dans un autre commissariat, avait choisi le cinq et ça ne lui avait pas porté chance. Il prit le un à cause de l'as mais aussi en se disant que les gens le regarderaient d'abord, ensuite les quatre autres, et que s'installerait la confusion. Il jeta un coup d'œil sur ces hommes qui s'alignaient près de lui, ils avaient à peu près son âge, étaient vêtus simplement. *Le Provençal* avait parlé d'un gitan, plutôt charmant, aucun n'était l'un ou l'autre. Il savait que c'était aux employés de mairie ou aux pompiers qu'on faisait appel pour ce genre de corvée. Pas un ne l'avait regardé, il les sentait gênés.

Derrière un panneau vitré recouvert d'affiches des silhouettes se déplacèrent. Les unes après les autres les ombres s'arrêtaient. Il comprit qu'elles collaient un œil entre deux affiches et scrutaient. Il entrouvrit sa bouche afin de la déformer. « De moi ils n'ont vu que ça, ça ne suffit pas pour faire plonger quelqu'un pendant dix ans », mais une fourmilière avait envahi son corps. « Surtout ne bouge pas, fixe un point et ne le lâche pas, le plus agité des cinq attirera les regards. » Les ombres cessèrent de défiler. Une porte s'ouvrit et l'inspecteur entra. « Je vous remercie, messieurs, c'est tout pour aujourd'hui. » Il rattacha dans le dos les mains de Pierrot et ils remontèrent dans la pièce triangulaire.

— Cette fois tu es coincé, mon vieux, lui dit-il presque gentiment, on t'a reconnu. Alors voilà, tu risques entre cinq et dix ans, ou tu me racontes tout et j'arrange le rapport pour que tu prennes le minimum, tu connais la musique ?... Bonne conduite, tu t'en tires avec la moitié plus un jour, soit deux ans et demi, faute avouée est à demi pardonnée ; ou tu continues à nier et ta vie est foutue... Tu as soif ? Tu veux un verre d'eau ?... Tiens, fume.

Il poussa vers lui un paquet de gitanes. Lunettes jaunes lui détacha les mains. Pierrot prit une cigarette, la fuma très lentement sans ciller devant les yeux gris qui épiaient la moindre faiblesse. Quand il l'eut terminée, il l'écrasa dans le cendrier et dit :

— Je vous remercie mais vous vous trompez complètement, je n'ai rien à voir dans cette affaire.

— Fous-le en cage, fit posément l'inspecteur, j'appelle le procureur et ce soir il sera déféré.

Lunettes jaunes l'empoigna et sans ménagements, avec l'aide de deux flics qui se tenaient dans le couloir, le descendit dans ce qu'ils nommaient la cage : trois murs de béton et une porte en verre blindé.

— Déshabille-toi ! lui ordonna l'inspecteur en lui retirant les menottes.

Incrédule, Pierrot le considéra.

— Eh oui, quand on veut jouer les fauves on l'est jusqu'au bout, dans la cage on y entre à poil. Passe-moi tes fringues, c'est le règlement.

Pierrot garda son slip.

— J'ai dit à poil ! On n'est pas à la piscine, ici !

Il le retira en rougissant, ses mains se plaquèrent sur son sexe qui fuyait vers l'intérieur. Il se laissa tomber sur un banc de bois scellé dans le mur.

Des heures passèrent, il pissa dans un coin de la cellule malgré la caméra qui le braquait à travers la porte de verre. On lui avait enlevé sa montre ; dans ce cube sans lucarne il perdit toute notion du temps. Dehors c'était peut-être la nuit. Il frappa contre le bloc de verre, un flic s'approcha.

— J'ai faim, dit-il.

— Ce n'est pas l'hôtel ! Pour l'instant tu la fermes, compris !

— Fumier ! cria-t-il, ça te fait bander, la torture ! Ça vous fait tous bander, bande de pédés !

C'est en hurlant qu'il décida d'aller

jusqu'au bout quoi qu'il arrive, dût-il en prendre pour vingt ans ils ne le casseraient pas, ils n'auraient pas Lucien. Il venait juste de s'endormir sur le banc qu'on le secoua.

— Allez, debout, on va avoir besoin de toi là-haut !

Lunettes jaunes lui passa les menottes par-devant et alla l'attacher à l'anneau.

— Est-ce que je peux me rhabiller ? demanda-t-il. J'ai très froid.

Le flic sourit derrière ses lunettes.

— Je meurs de soif, ajouta-t-il.

— Si tu fais preuve de bonne volonté tu boiras tant que tu veux et ce que tu veux, pour l'instant tu nous empêches de dormir.

Sa bouche et ses yeux étaient plus secs que du tabac, un million d'aiguilles transperçaient son corps, ses jambes flageolaient. On le laissa trois bonnes heures comme ça, debout. L'anneau était fixé juste assez haut pour qu'il ne puisse pas s'asseoir. Des crampes empoignèrent ses bras, durcirent ses épaules, tétanisèrent son cou. Il se laissa glisser contre le mur, tout son poids suspendu à ses poignets. La douleur ne fut pas pire. Des voix lui parvenaient : « Le type saoul qui a renversé la gamine devant le camion de pizza, qu'est-ce qu'on en fait ?... » À travers le brouillard de la soif et de la souffrance, il tenta de savoir si l'on parlait de lui, il n'était question que de jours de congé et de tir à l'arc. Lorsque la voiture de patrouille rentrait pendant quelques minutes les voix étaient plus fortes. L'inspecteur aux yeux gris vint le détacher et l'amena dans le bureau.

— Tu as mal ? lui demanda-t-il.

Pierrot fit « oui » de la tête. Il lui enleva les menottes des poignets et les fixa aux chevilles.

— Tu te fatigueras avant nous, alors vas-y, soulage-toi, après tu pourras te servir.

Il lui montrait une carafe pleine d'eau et un verre. C'est le seul moment où Pierrot fut à un doigt de lâcher. Il fixait cette eau limpide qu'il imaginait glacée, il avait dans la bouche une poignée de sable incandescent. Il tendit le bras.

— Tss tss tss, fit l'inspecteur, donnant donnant.

Pierrot releva la tête, croisa le regard gris. Il y lut que son geste pesait dix ans. « S'ils veulent des aveux au point de ne pas dormir c'est qu'ils n'ont pas grand-chose à se mettre sous la dent. Ils ont essayé de me bluffer avec les témoins. Si on m'avait reconnu sans hésiter ils m'inculpaient tout de suite, à l'heure qu'il est je serais en taule. »

— Alors ? insista le flic, à qui le mouvement rétractile n'avait pas échappé après tant d'années où il avait appris à discerner cette imperceptible étincelle de temps où les plus coriaces peuvent basculer.

— Alors, j'attendrai d'être rentré chez moi pour m'envoyer une bonne bière bien fraîche, je vous laisse l'eau tiède des commissariats.

Il n'avait pas achevé sa phrase qu'il reçut, comme une porte en pleine figure, la main osseuse et dure de Lunettes jaunes. Tout fut noir. Dès que le flic réapparut, debout sur sa droite, Pierrot lâcha un cri de bête, un cri de fou, et il lui lança dans le ventre un coup de coude où depuis des lustres s'accumulait toute la haine des hommes.

Tel un couteau à ressort le maigre se plia en deux sur ce coude. La folie de Pierrot alors se déchaîna. Maintenant il se savait perdu, la tête baissée il s'engouffra dans sa démence. Malgré ses chevilles entravées, il bondit de sa chaise, saisit la machine à écrire, la souleva vers le plafond bras tendus, et hurlant se l'écrasa sur le visage. Le monde entier s'effondra dans un épouvantable fracas de ferraille.

Des voix s'affolèrent autour de lui : « Il est cinglé ! C'est la première fois qu'on me fait ça... » « On y est peut-être allés un peu fort... » « Bon, c'est pas le moment de discuter, tu as vu dans quel état il s'est mis ! Qu'est-ce qu'on fait ? On appelle les pompiers ? » « Tu es fou ! On prend la voiture de patrouille et on fonce aux urgences, cinq heures, c'est calme. » « Ote-lui les menottes, il faut le rhabiller... » « Tu vas voir que ça va nous retomber dessus. »

Pierrot eut l'impression de soulever ses paupières, une boue rouge coulait devant ses yeux, il les referma, se laissa aller. On le manipula, le transporta ; douceur de la voiture, chaleur des urgences. Il ne sentait rien, il était bien, vaguement il songeait : « C'est fini, maintenant je suis tranquille, ils ne me toucheront plus... »

Il sentit qu'on le nettoyait ; des femmes étaient là, leurs doigts, leurs voix caressaient son visage, elles le protégeaient. Il ouvrit les yeux : blêmes d'anxiété, trois jolies têtes étaient penchées vers lui.

— Comment vous sentez-vous ? demanda l'une d'elles.

Il tenta de se lever, chercha autour de lui.

— Ne vous inquiétez pas, ils sont restés à la porte, ici vous ne craignez plus rien, je suis l'interne de garde... Vous vous sentez capable de dire quelques mots ?... Que s'est-il passé ?

— Ils m'ont jeté une machine à écrire à la figure, répondit-il, je ne sais pas ce qui est arrivé... Ils m'ont arrêté, ils m'ont attaché tout nu contre un mur et ils m'ont envoyé sur la tête cette machine à écrire.

— C'est horrible ! s'écria une infirmière. C'est pire que la torture !

L'interne releva le pull de Pierrot.

— Il dit la vérité, son corps est couvert de sang et ses poignets ont la marque profonde des fers.

— Ça fait peut-être deux jours que je n'ai pas bu une goutte d'eau, dit-il.

— Les monstres ! C'est comme la Gestapo !

— Ça ne se passera pas comme ça, annonça l'interne, ils vont entendre parler de moi, dès aujourd'hui j'alerte la presse. Quoi qu'ait pu faire ce jeune homme, ça dépasse l'imagination, et ils sont là pour protéger les citoyens... Regardez-moi ça... Des bêtes !

Pierrot la trouva d'une grande beauté.

— Je pourrais avoir un verre d'eau ? lui dit-il dans les yeux. Je sens que je vais mourir.

— Mon Dieu, fit l'infirmière et elle partit en courant.

— Ne vous inquiétez pas, le rassura l'interne, on va vous mettre quelques points, vous ne sentirez absolument rien.

Il s'abandonna. Il l'entendit s'éloigner puis crier dans le couloir sans pouvoir saisir le sens de ses paroles. Un instant après elle revint, se pencha sur lui.

— Tout est arrangé, je vous garde en

observation, nous allons faire des radios pour la forme ; je leur ai dit que vous aviez peut-être un traumatisme crânien mais je n'en crois rien, c'est très superficiel, beaucoup de sang, peu de dégât ; je leur ai fait très peur.

Pierrot était inondé de bien-être.

— J'ai tellement cru qu'ils allaient me tuer, vous êtes mon ange gardien, je vous aime.

L'interne chassa une légère rougeur en donnant quelques ordres.

Un peu plus tard on l'installa dans sa chambre, la tête entièrement bandée. Fenêtre et volets étaient clos, la porte restait entrouverte. Parfois un flic en uniforme y passait la tête et scrutait la pénombre. À force de faire semblant Pierrot s'endormit pour de bon. Il lui sembla que des gens entraient, sortaient, confusément il savait que le sommeil était contre le temps son meilleur allié. Il s'y enferma.

Le lendemain l'inspecteur aux yeux gris entra dans cette chambre où le soleil coulait. Il lui tendit une feuille imprimée.

— Signe ça, la garde à vue est terminée mais l'enquête continue. Ne crois pas être le plus fort, on t'aura la prochaine fois.

Le jour même Pierrot sortit de l'hôpital, jamais il n'avait vu sur cette ville une telle quantité de ciel. Il entra chez le premier fleuriste et acheta pour la jeune interne une immense brassée de roses. Avec sa tête langée et sa barbe de trois jours il ressemblait à un poilu qui revient du front et qui va retrouver sa fiancée.

Le soir le téléphone sonna ; du comptoir Gaby appela Pierrot.

— C'est pour toi, c'est Lucien.

Il prit le récepteur, se tourna, la main devant sa bouche il dit :

— Donne-moi ton numéro, je te rappelle dans un moment, je suis en pleine contrée.

— Mais c'est important !

— Justement j'ai presque fini.

Il nota le numéro et sortit du bar. Il se dirigea vers la cabine la plus proche et rappela.

— Un instant, je vous le passe, répondit une femme, il est juste là.

— Elle a de gros rotoplos ? demanda Pierrot.

— Qui ?

— La jolie voix que je viens d'entendre.

Lucien râla.

— Alors ?... Ça fait deux jours que j'essaie de te joindre, j'ai les cheveux tout blancs.

— Ça va, ça va, ça se calme. J'en sors avec neuf points de suture.

— Neuf points de suture !...

— Oui mais ils n'ont rien pu prouver. Ils sont sûrs que c'est nous. Surtout ne bouge pas, Lulu ! Ne mets pas les pieds ici, s'ils t'attrapent ils te démolissent.

— Ils me connaissent, moi ? Qu'est-ce qu'ils t'ont dit ?

— Ils savent qu'il y a un Noir, moi, le troisième ils n'ont pas à chercher loin, on vit ensemble.

— Je ne peux quand même pas passer ma vie sur la Côte, c'est cher !

— T'inquiète, on a du fric, donne-moi ton adresse, je t'en envoie dès demain.

— Et Melrose ?

— Pour l'instant rien, il doit être en train de se poudrer des pieds à la tête dans un hôtel du cours Belsunce. Je te rappellerai le soir. Tu t'achètes une pile de bouquins et tu n'existes plus, s'ils te mettent la main dessus on en a pour dix ans de gamelle. Ce sont des durs, Lulu, je croyais connaître la musique mais j'ai failli flancher, crois-moi, ils sont forts !

— Ils frappent avec quoi ?

— Avec l'expérience. Si je ne les avais pas un peu aidés on y serait tous les trois. Ciao, profites-en pour faire le moine ; dis à ta copine que je suis plus beau que toi, même avec mes points de croix. Tu sais, j'avais entendu dire que l'angoisse est un excitant sexuel, c'est vrai ! Si elle veut en profiter je viens tout de suite.

Il éclata de rire et raccrocha.

Lucien passa le mois de novembre dans l'hôtel rose bonbon, sous l'immense lumière d'automne. Le matin il marchait dans les ruelles fraîches d'Antibes ; les boulangeries viennoises, les rôtisseries, les marchés aux poissons et aux fleurs exaltaient tous ses sens ; les femmes qu'il croisait étaient belles, il se retournait souvent. Vers dix heures il s'asseyait dans un fauteuil en plastique contre un mur au soleil, commandait un café. Pour trois francs on lui servait le bonheur : toutes ces odeurs, ces voix matinales d'hommes qui interpellaient des femmes élégantes, discrètement complices ; un farouche sentiment de liberté empoignait son ventre, là même où le brûlaient encore les paroles alarmantes de son ami. Lili était assise près de lui, la tête posée sur sa cuisse.

Il achetait un livre de poche et ils partaient tous deux dans les criques désertes du cap. Là, il s'installait entre deux racines de pin et ouvrait son livre. Avant de lire la première ligne, afin de retarder et d'accroître son plaisir, il regardait longtemps les millions d'étincelles danser dans la mer. De temps en temps Lili se plantait devant lui, un morceau de bois dans la gueule, que les galets, le soleil et le sel avaient recouvert d'une fine soie blanche. Il le lançait dans l'écume où elle se jetait en piaffant.

Lorsque, aveuglé de lumière, il rentrait vers cinq heures, les derniers rayons embrasaient les plus hautes fenêtres, doraient la gênoise, sur les terrasses autour de l'hôtel et sous les arbres du parc les jarres de plantes grasses et de géraniums appartenaient déjà à la nuit.

Affamé, Lucien descendait aux cuisines : il était devenu copain avec le chef qui confectionnait chaque jour en souriant plusieurs plats d'un pays différent ; ses dents étaient très blanches, sans cesse il les montrait en racontant sa vie. Son père, un harki, avait voulu qu'il s'appelle Noël mais comme il s'exprimait mal, l'employée de mairie avait mal compris, elle avait inscrit Manuel sur le registre des naissances. Il s'était donc appelé Manu. C'était le plus gentil garçon de la terre, chaque soir il les guettait. Lili ne se nourrissait plus de restes, elle mangeait comme n'importe qui. Manu préparait un thé à la menthe fraîche, roulait un joint, et ils s'installaient dans un coin pour boire et fumer tranquilles.

— Je ne tiens pas l'alcool, disait-il, au bout de trois verres je ne suis plus dans mon assiette, l'herbe par contre ça ne me fait rien, ça m'ouvre l'appétit, sans ça je ne toucherais à rien.

Lucien l'aidait à remplir un dossier pour partir au Canada.

— Là-bas je gagnerai au moins le double mais j'ai peur d'avoir froid.

— Et les filles ? demanda Lucien. Tu n'as pas une copine par ici ?

— Non, je préférerais une jeune Arabe, j'aime bien leur peau et puis elles sont tellement tenues jusqu'au mariage qu'après c'est des furies, elles ne te refusent rien.

— Tu as déjà fait l'amour avec une Arabe ?

— Jamais, je suis sorti avec une mais elle était vierge.

Parfois il racontait des histoires étranges.

— J'ai trouvé un gésier de poulet devant la porte de ma chambre, je ne sais pas si c'est le chat ou si quelqu'un me jette un sort.

— Un gésier ?

— Tous les abats portent malheur ! Surtout ne mange jamais le cœur, ça rend peureux comme une poule mouillée !

Lucien éclata de rire.

— Tu as des ennemis par ici ?

— Non, tout le monde m'aime bien.

— Et la patronne ?

— Elle a une peur bleue que je la quitte, elle m'adore !

— Pourquoi n'essaies-tu pas de coucher avec elle ? À mon avis ça vaut le Canada.

Manu haussait les épaules ; l'herbe étirait sa bouche, alourdissait ses paupières, ses longs yeux sombres paraissaient plus doux.

— C'est sa voix surtout... Tu as remarqué sa voix ? Elle m'excite plus que sa poitrine, quand elle me parle je suis paralysé, tous mes poils se dressent.

Lucien regarda les bras du cuisinier, ils n'étaient même pas recouverts de duvet, aussi lisses que les bâtons qu'il jetait dans la mer.

— Tu ne partiras jamais au Canada.

— Tu es fou, j'ai payé 3 000 balles pour le dossier !

Un après-midi après le service, il emmena Lucien chez ses fournisseurs d'herbe et de shit, un couple d'Américains qui passaient l'hiver sur un voilier en bois dans le port d'Antibes. En loques la bannière étoilée claquait dans le mistral, tout autour les mâts d'aluminium sifflaient, cinglés par les drisses.

Ils s'installèrent à l'abri autour d'une table poisseuse dans le roof. L'homme était un Noir sans âge et barbu, de vieilles lunettes à monture d'écaille très épaisses tenaient sur son nez grâce à une nuée de morceaux de sparadrap noir de crasse, elle lui mangeaient ce qui lui restait de visage. Il gardait toujours sur ses genoux une guitare qu'il caressait comme un chat.

Elle, était blonde et plus maigre qu'un coucou, ses jambes sous un pantalon de jogging ne semblaient pas plus épaisses en haut qu'en bas, ses deux fesses auraient amplement tenu dans une seule main. Elle leur servit un thé imbuvable, le lait que Lucien rajouta pour le faire passer avait tourné, il fit la grimace et la regarda gêné, ses yeux bleus étaient plus transparents que des vitres, rien ne permettait de s'y raccrocher. Il eut l'impression de voir le ciel, lavé par le vent, à travers le crâne et l'acajou.

Ils ne parlaient pas un mot de français et disaient avoir fait trois fois le tour du monde. Ils fumaient joint sur joint et devaient dormir dix-huit heures par jour. Leurs gestes roulaient avec la lenteur et le poids de la houle. Le bateau était plus sale qu'un fond de poubelle mais il fallait enlever ses chaussures dès qu'on montait à bord. Quand ils ne dormaient pas, assis côte à côte sur la couchette, ils faisaient courir leurs doigts sur le globe terrestre en se montrant les zones de tempête.

— C'est incroyable ce qu'ils peuvent

fumer, dit Manu dès qu'ils eurent sauté sur le quai où Lili les attendait lovée dans un nid de cordages, leur propre consommation mensuelle suffirait à en faire de gros bonnets, ils doivent avoir quelque chose à bord... Je me demande bien où ils le cachent... Peut-être dans la quille...

— Ils l'achètent où ?

— Ma foi, je sais qu'ils arrivent de la mer Rouge.

Lucien pensa aux débris flottants du mouvement hippie. Il se dit qu'il n'était peut-être pas très bon de fréquenter de pareils zèbres, surtout en ce moment. Il voulut tout de même payer la moitié de ce que Manu venait d'acheter, ça faisait un mois qu'il fumait sur son compte. Celui-ci se fâcha. Il avait un cœur d'or.

Un peu avant Noël Lucien quitta l'hôtel. Manu escamota une larme : « C'est surtout Lili qui va me manquer », dit-il, ouvrant la boîte à thé où il gardait son herbe. La vie tourna une page.

Pierrot jouait à la contrée chez Gaby lorsque Lucien entra. Ses yeux s'éclairèrent. Il posa les cartes sur le tapis et entraîna son ami vers le comptoir, le bras autour du cou comme à l'école. Lucien observa la cicatrice sur le front : les points formaient une phrase musicale, quelque chose de dur, de brutal ; les traits du visage étaient toujours aussi fins. À la malice du regard s'ajoutait la violence.

— Deux coupettes ! lança Pierrot à Gaby. Le professeur a terminé sa tournée de conférences... Alors, Lulu, en forme ? On remet ça ? Parle-moi un peu de ces fameux rotoplos que j'ai sentis tout chauds contre mon oreille.

— C'est plutôt toi, moi, c'est Byzance, j'ai pris cinq kilos et des couleurs. Alors ?...

Pierrot but une gorgée, reposa la coupe et frôla de son poing le menton de son ami d'un swing très doux.

— Je les ai eus jusqu'au trognon ! Ils m'y mettront raides entre quatre murs, vivant jamais ! Quand on y a goûté on est prêt à tout... C'est la plus belle partie de poker de ma vie, Lulu ! Ils avaient toutes les cartes dans les mains, moi rien, que dalle ! Seulement voilà, ils ont commis la toute petite erreur de vouloir bluffer. Ils n'avaient qu'à montrer en toute simplicité et je me couchais comme un chien ! Au bluff ils ne peuvent pas suivre...

— Si tu bluffes chaque fois avec neuf points de suture.

— Un an de liberté par point ! À ce tarif, crois-moi, je me fais broder de la tête aux pieds. J'ai connu des types en taule qui avalaient coup sur coup trois fourchettes pour se faire passer la douleur d'être coulés vivants dans le béton, et quand on leur recousait le ventre ils ne rêvaient que d'une chose, qu'on oublie dedans le bistouri.

— C'est pour cette adorable croisière que tu as choisi cette vie ?

Pierrot termina sa coupe, fit un signe à Gaby pour deux autres puis doucement il ricana :

— Il y a des pères de famille qui les bouffent chaque soir les fourchettes en rentrant du chantier ou des Assedic, mais celles-là on ne les voit pas à la radio. Et ils en crèvent !

Derrière le plaisir évident qu'il avait à retrouver Lucien, celui-ci sentit qu'il n'avait pas seulement affaire à neuf points de suture, il y avait dans la voix une aigreur plus corrosive encore que l'haleine fétide des commissariats.

— Et Alice ? demanda-t-il.

— Alice..., répéta bêtement Pierrot, la coupe arrêtée au bord des lèvres.

Oui, cette plaie-là ne tolérait aucun point de suture, les yeux soudain égarés de Pierrot prouvaient qu'elle s'était creusée. Sa bouche se tordit, il lança en arrière sa mèche pour chasser le tic.

— Mettons-nous là, dit-il, désignant une table libre dans un coin. Gaby, passe-nous la bouteille, ça t'évitera de te promener !... Elle est restée deux jours au grenier, enchaîna-t-il en s'installant, il y a de ça trois semaines. Elle voulait savoir où tu étais, elle semblait avoir peur. Jamais je ne l'ai vue boire comme ça, pendant deux jours elle n'a pas dessoulé, tu m'entends deux jours ! Elle avalait n'importe quoi. Je suis descendu cinq ou six fois acheter des bouteilles ; hallucinante la quantité d'alcool qu'elle a pu ingurgiter ! Si je te raconte tout, tu ne me croiras pas, j'en suis encore soufflé... Elle a déplacé plusieurs fois tous les meubles sans me dire pourquoi, elle ne les remettait même pas en place. Elle attrapait tes livres les uns après les autres et faisait claquer les pages, ensuite elle les secouait comme si elle cherchait quelque chose, une lettre, de l'argent... Et puis d'une agressivité ! À un moment je lui ai demandé ce qu'elle cherchait, elle m'a bondi dessus en criant : « Tu veux changer mon caractère, c'est ça ! Vas-y, tape-moi dessus, arrache-moi les cheveux ! Tu voudrais sans doute que je lèche la merde de tes souliers !... » Quelque chose comme ça, je ne la reconnaissais plus ; elle a ajouté : « Tu veux faire comme tous les hommes, tu veux me violer, hein, c'est ça ? » Tu te rends compte ? Moi, la violer ?... Pendant deux jours elle m'a dit des choses incroyables, je te jure, j'aurais aimé que tu sois là, je n'en croyais pas mes oreilles ! Une autre... Rien à voir avec Alice. Attends... Oui, c'est ça, elle disait qu'une ombre noire apparaissait de plus en plus souvent, elle m'a dit : « Tu veux voir ? »... Tu rigoles ? Elle m'a fait peur ! J'aurais voulu t'y voir... Je lui ai demandé pourquoi elle se mettait dans des états pareils, s'il lui était arrivé quelque chose, elle m'a jeté le manteau de fourrure à la figure, celui qu'on lui a offert. Tel quel, Lulu ! Une folle !

— Tu lui as raconté l'histoire du commissariat ?

— Non.

— Et la cicatrice ? C'est peut-être ça qui lui a fait peur.

— Je lui ai dit que je m'étais ouvert en réparant la bagnole, je suis sûr qu'elle ne m'a pas cru, c'est toi qui l'avais. Au moins vingt fois elle m'a demandé où tu étais.

— Que cherchait-elle d'après toi dans le grenier ?

— Ma foi... je te dis, elle semblait terrorisée. Le dernier soir nous sommes allés faire les courses ensemble au petit Casino de l'église, quand on est arrivés à la caisse, elle est partie en courant, le temps que je sorte dans la rue elle avait disparu.

— Et après ?

Pierrot avança ses lèvres, ouvrit les mains.

— Rien... je ne l'ai pas revue. Comment dire... Comme si quelque chose... Comme si quelque chose la persécutait. Voilà, c'est exactement ça : persécutée !

Lucien retrouva le grenier mais pas vraiment son ami. Quelque chose en son absence s'était rompu. Quand ? Pendant l'interrogatoire au commissariat ? Durant les deux jours où Alice avait multiplié ses extravagances, ses beuveries ? Maintenant il parlait seul, passait une bonne partie de la journée dans le miroir à se scruter les cheveux, le blanc des yeux, la langue jusqu'à la glotte, chaque muscle et surtout le ventre qu'il palpait, pétrissait. Il attrapait sa peau et la tirait dans tous les sens.

— Tu ne trouves pas que je suis plus mou qu'avant ? Tu as vu comme je suis blanc ? En un mois j'ai tout perdu... D'habitude même l'hiver je suis mat. Tu crois que c'est l'âge ?

— Tu devrais faire du sport, reprendre le foot, tu passes ta vie dans les bars et au poker, dans cinq ans tu seras plus gras qu'un bouddha.

— Et toi, tu en fais du sport ? Tu ne vas pas me dire que faire pisser la chienne c'est du sport ! Même si tu fais trois tours dans les champs à la sortie de la ville.

— Non, mais je ne fume pas deux paquets par jour, quand ce n'est pas trois, toute la journée je vide des cendriers, même mes vêtements empestent, tout empeste ici ! Tu as vu tes yeux ? Ils coulent la nicotine.

Pierrot les approcha du miroir, tira sur ses paupières.

— Tu as raison, ils sont plus jaunes qu'un œuf... Le premier janvier j'arrête et je commence à courir.

— Tu m'as dit ça cent fois.

— Là ce n'est pas pareil, si à partir du premier tu me vois une cigarette à la main, où que ce soit tu m'entends, fous-moi ton poing dans la gueule en me traitant de pauvre type ; quand je décide quelque chose... Il se tourna de profil. C'est le restaurant qui nous tue, midi et soir, regarde-moi ça ! Dix kilos en deux mois !

— Quand on est fauchés tu te plains de ne manger que des pâtes et du riz, je te rappelle que cet été on a tourné deux mois au saucisson.

— On n'est pas faits pour vivre seuls, tout est là, il faudrait une femme à la maison. Tu sais ce qu'on devrait faire, Lulu ?

— Non.
— Le régime.

Pour Noël Pierrot offrit à Lucien une splendide veste fourrée en peau de sanglier ; Lucien acheta pour son ami une paire de santiags en peau de requin blanc à vous couper le souffle. Celui de Pierrot le fut. Pendant une semaine il contempla ses pieds et oublia son ventre. Il avançait dans la rue, discrètement plié en deux, en répétant : « Du requin... Ce Lulu quand même... »

Puis son corps mou lui revint en mémoire et il courut au magasin de régime. Il ramena au grenier une cargaison de produits diététiques, farines et graines de céréales et du jour au lendemain en avala des kilos à la cuillère à soupe, à même les boîtes.

— Tu devrais t'y mettre, Lucien, marmonnait-il la bouche pleine d'une pâtée inavalable, très bon pour le cerveau le sésame et le millet, bourré de phosphore... Pas mauvais, goûte, ça t'évitera de travailler un jour du chapeau... L'avoine c'est tonique ! Tu parles, si on en donne aux chevaux... Dès que j'en aurai pris quelques boîtes je me remets à courir.

Il faisait passer ce mortier avec de grands

bols de tisane de romarin et d'horribles grimaces.

— Difficile à avaler mais remontant sexuel de première, le romarin, pas besoin de trucs chinois.

— À quoi ça te sert, tu fais de moins en moins l'amour ?

— Tu peux parler ! Ça a dû t'arriver trois fois dans ta vie et encore, parce que je t'ai traîné de force au bordel !

— Dis plutôt que tu as peur de ne pas être à la hauteur avec Alice.

Pierrot cessa de ruminer puis, de sa voix rendue nasale par l'impossible déglutition :

— Exactement ! je n'ai pas peur de le dire, pas à la hauteur, oui... La dernière fois j'ai été complètement out, rien ! Il n'était pas plus gros que ça... Je ne savais plus où me mettre. Ah ! Je te jure, je l'aurais coupé et jeté au chien !... Tu crois que c'est pour ça qu'elle m'a insulté ?... Elle a dû se sentir humiliée.

— Tout ça c'est dans ta tête, elle t'impressionne trop, un point c'est tout. Tu auras beau ingurgiter trente hectares d'avoine et six collines de romarin, s'il a les foies l'escargot ne mettra pas le nez hors de sa coquille.

— Tu crois ?

— Tout est là ! fit Lucien se martelant le front de l'index.

Pierrot pendant trois mois se consuma sur

des vapeurs de tisanes ou plutôt, telle une bûche de bois vert il fuma dans son coin. Il passa l'hiver à se masser le ventre avec une pommade à base de thym ; déversa sur sa tête des litres et des litres de Pétrole Han en se frictionnant le crâne. Il avait une peur bleue de perdre aussi ses cheveux. Cependant il ne s'était toujours pas mis à courir, fumait chaque jour plutôt trois paquets que deux et épuisait ses nuits, cinq cartes dans les mains. Bref, une fois de plus l'absence d'Alice le démolissait. Si tendu vers elle qu'il devait lui pousser dans le corps un cancer de désir. Le millet, l'avoine, l'orge ni le romarin ou le blé germé ne lui rendirent sa force et sa bonne humeur.

C'est l'époque pourtant où il ramassa pas mal d'argent au poker en se disant : « Aucun joueur ne peut gagner s'il a de la chance avec les femmes, la mienne est sans doute passée. » De tout son cœur il espérait perdre.

L'hiver fut aussi rude et blanc que l'été avait été torride. Tous les matins Lucien partait avec Lili à travers la campagne, mains au fond des poches de sa veste de sanglier, le col relevé. Craquante de givre l'herbe prenait à l'amande sa verte douceur. De loin en loin fumait la cheminée d'une ferme. Le printemps s'avança plus doucement qu'un couple de vieux sur le bord d'une route.

Lucien, un matin, fouilla tous ses vêtements : plus un sou. Il avait tout dépensé. Il faut dire que cinq mois s'étaient écoulés depuis l'attaque des convoyeurs, dont deux dans l'hôtel rose d'Antibes.

La boulangère lui trouva le jour même un petit boulot pépère et discret à deux rues du grenier ; un appartement situé au dernier étage d'un immeuble ancien et cossu qu'il fallait entièrement repeindre.

Il commença par arracher toutes les vieilles chevilles, gratta les plafonds et reboucha à l'enduit tous les trous et fentes. Il travaillait dans la joie calme de voir bouger ses dix doigts. Après tant de mois sans rien faire, ses mains, jadis crevassées de ciment et de gel, étaient à présent aussi fines et blanches que celles d'un authentique professeur. Cela le fit sourire, il trouva même qu'elles avaient rapetissé.

Parfois il jetait un coup d'œil par la fenêtre, en bas où les touristes de Pâques traversaient la place, les yeux au ciel, dans le seul quartier de la ville qui puisse s'enorgueillir d'une triple gênoise. Les lycéennes commençaient à être drôlement jolies. À travers les premières feuilles des platanes, sur le coup de midi, il les voyait faire glisser leurs vestes aux terrasses et tendre leurs jeunes poitrines en se tournant vers l'intérieur pour commander un sandwich et un café. Bientôt leurs jambes et leurs bras seraient nus et tout le monde pourrait les voir. Avec volupté Lucien tournait une spatule dans un bidon de vinyle en ajoutant dix pour cent d'eau, la belle crème blanche devenait aussi souple que le chemisier en satin des jeunes filles.

Passer un rouleau sur un mur lisse est un travail qui procure beaucoup de plaisir. Lentement il s'entourait de pureté en tissant son igloo de gestes croisés, toujours les mêmes, minutieusement répétés, ce qui est l'une des conditions de la pureté. Montaient les bruits plus calmes de l'après-midi, la voix d'une fontaine.

Perché sur son escabeau, il observait la nuit plomber le fond des cours et le long des façades glisser jusqu'à lui. Pendant quelques instants il tentait de l'écarter en lançant sur le mur de grands éclairs de blanc gélatineux.

Les unes après les autres les fenêtres s'allumaient, des visages surgissaient dans les cuisines et les salons, épuisés ou ravis. Débutait alors pour lui un nouveau plaisir, celui de suivre, dissimulé dans la pénombre de sa vigie, les petits riens de ces vies banales et cependant troublantes.

Un soir qu'il avait laissé l'obscurité envahir l'une des chambres dont il décollait une tapisserie sang-de-bœuf, sur l'arrière de l'appartement, son regard plongea un peu plus bas, de l'autre côté de la cour, sur un très bel intérieur que réchauffait un parquet blond.

Une baie vitrée dont les rideaux n'étaient pas tirés dévoilait un salon qui respirait la douceur de vivre. Un téléviseur qu'il ne pouvait voir colorait tour à tour la pièce de jaune, de rouge et de vert. À force d'observer, il distingua une tache claire sur le bord d'un divan. La tache remua : c'était une main. À la même seconde un chat noir traversa en courant le salon, dérapa sur la cire et vint frotter sa tête contre le bout des doigts. Plusieurs fois il se dressa sur ses pattes arrière afin de mieux emboîter son petit crâne rond dans la paume.

C'est alors que Lucien aperçut sur le divan la masse confuse de deux corps enlacés. Il ne comprit qu'il y avait là deux formes humaines que lorsque l'une se détacha de l'autre et lentement se laissa couler sur le parquet. Lorsqu'elle fut à genoux, d'un brusque mouvement de tête elle lança en arrière une lourde chevelure noire, un visage de femme apparut. Cette femme se courba et au mouvement répété auquel elle se livra, Lucien comprit qu'elle contentait un homme. La main de celui-ci se mit à remuer au rythme exact de la tête courbée. De plus en plus vite les doigts se tendaient puis griffaient le tissu du divan. Le chat noir dut croire que ce jeu s'adressait à lui car il commença à bondir en se déhanchant autour de cette chose vivante, il lui lançait au passage un bref coup de patte et se roulait d'extase sur les lattes de bois. Vingt fois, trente fois il recommença son manège jusqu'à ce que le mouvement crispé des doigts soit si rapide, qu'effrayé il détale vers le coin d'où il avait surgi.

Accroché à l'espagnolette, le front collé contre la vitre et le souffle coupé, Lucien était fasciné. La main de l'homme tomba sur le plancher, morte.

Il s'allongea sur la vieille moquette tachée de graisse, de brûlures de cigarettes et d'une nuée de pites blanches que son rouleau avait lancées ; les bras le long du corps il contempla la nuit.

Longtemps après que le soleil eut disparu derrière les collines, le ciel restait clair. Il l'était encore lorsque en bas dans les ruelles déjà sombres les lampadaires s'allumaient. Et les voix dans le froid soudain de la nuit montaient aussi limpides qu'un tintement de verre. Sur la place la fontaine faisait un bruit de torrent. Il aimait cette heure triste où là-haut dans le ciel il fait encore grand jour, alors que les villes s'enfoncent dans des puits. Les hommes s'y resserrent et ouvrent tout ce qu'ils peuvent : placards, téléviseurs, radios, frigos, bouquins et le plus possible de lampes afin d'oublier tout autour les vertiges de la solitude.

Lucien demeurait immobile jusqu'à ce que le vent du soir siffle dans les tuiles et embrase d'un coup les mille lustres du ciel. Alors, de très loin, des choses venaient palpiter dans cette boule de cristal et, les yeux grands ouverts, il pressentait des vies étranges. Les étoiles baignaient son visage.

Il achevait, tordu en deux, de peindre dans les cabinets les recoins inaccessibles derrière le cumulus lorsque Pierrot surgit. Sourcils relevés il siffla :

— Nom de Dieu ! Du travail de pro. Et tout seul comme un grand !

Mains dans les poches il fit le tour de l'appartement, s'extasia dans chaque pièce et revint se planter devant l'échelle où Lucien était resté perché.

— Bravo ! Peinture à essence satinée pour la cuisine et la salle de bains, plafonds aveuglants, il ne te manque plus qu'une femme et trois minots. Tu es vraiment un type parfait.

Malgré l'ironie Lucien souriait.

— Eh bien pas moi, poursuivit Pierrot, je n'ai ni femme ni enfants, je suis plus pauvre que les oiseaux et je n'ai aucune envie de remonter sur une échelle.

— Tu as perdu gros ?

— Gagné, perdu, quelle importance... Tout est dans la manière. Ce n'est même pas la grosseur du tas qui compte... Tu ne trouves pas que celui qu'on a piqué ensemble avait une autre odeur ? Il sentait la mer, il sentait le large... J'ai peur que celui que tu gagnes en ce moment pue un peu trop la transpiration ; non, ce n'est pas l'épaisseur de la liasse qui fait la différence, c'est la petite odeur du large qui est cachée dedans...

— Ce qui veut dire en langage courant ?

L'odeur de transpiration avait gâché son sourire.

— Ce qui veut dire que tu me fais doucement rigoler au milieu de tes pinceaux, de tes seaux, avec ta combinaison à la noix et ta gueule enfarinée, tu empestes tellement le white spirit que j'ai chopé la sinusite ; et puis je fais des cauchemars, chaque nuit je me réveille sur un chantier avec des sacs sur le dos et un patron qui braille. Alors descends de ton perchoir et écoute un peu ça !

Lucien ne broncha pas.

— D'accord, Digne c'était risqué, je

reconnais, nous nous en sommes tout de même tirés ; là c'est un jeu d'enfant.

Il ramassa une bouteille de Coca en plastique, en but une gorgée, fit la grimace.

— Bah ! Tiède. Figure-toi qu'ils ont ordre dans les banques de ne pas déclencher l'alarme, même s'ils sont braqués, tu m'entends ! J'ai appris ça ce matin en buvant tranquillement le café avec un employé de la Société générale. Ça te la coupe, hein ? Ils préfèrent perdre trente briques plutôt que leur clientèle à cause d'une tuerie. En plus ils sont assurés ; c'est pas beau ça !... Tu entres, et tu te sers, ils ne bronchent pas. Le caissier central t'ouvre le coffre et tu sors comme tu es entré, le sourire aux lèvres à peine un peu plus lourd. Oh ! Ça va, ça va ! Ne me regarde pas sur ce ton !

— Ce n'est pas toi que je regarde, c'est ta cicatrice... Tu es prêt à tout, pour une poignée de pognon tu vendrais ta mère à un cirque. Alors écoute-moi bien, crâne de piaf ! Même si ton caissier central m'ouvrait à deux battants les portes de la Société générale et me recevait bras ouverts avec un concerto de Mozart, je partirais en courant dans le sens opposé ! Et avec un piqué de ton espèce en plus ! Non mais tu crois encore au Père Noël ! Et c'est pour me dire ça que tu as grimpé quatre étages !

— Et alors, il n'y a pas de quoi se les mordre ! J'en connais cent dans cette ville qui seraient en train de s'y bousculer dans la banque s'ils savaient ça. Je m'en doutais un peu, remarque, je commence à la connaître ta mentalité d'esclave, le peu d'air pur que tu prends c'est grâce à moi, sans moi tu ne saurais même pas de quelle couleur est le ciel. Ta place est à l'usine ; tu lis mais tu n'as aucune imagination ! Très bien, très bien, arrêtons tout et tirons l'échelle.

Lucien descendit de deux barreaux.

— Façon de parler, ricana Pierrot, je savais que tu étais un pauvre type, mais là...

— Si je n'étais pas un pauvre type, comment aurais-je pu te supporter plus de cinq minutes ?... Je reste avec toi par pitié, mon pauvre, et tu viens me parler d'imagination... Mais si tu en avais ne serait-ce qu'une pincée d'imagination, tu n'aurais pas besoin d'aller te faire ouvrir la tête dans les commissariats, le cinéma on peut se le faire un pinceau à la main, eh oui, justement, c'est ça l'imagination ! Toi tu n'as qu'une idée, une seule, ressembler à une affiche de film, un flingue dans une main, une super nana dans l'autre. Si tu savais comme c'est banal, les prisons en sont pleines, d'affiches de cinéma. Je lis mais je n'ai pas d'imagination... Toi, ne cherche pas à lire, oh non ! Même un Chase tu ne comprendrais pas tout ! Contente-toi de regarder ton front, les cicatrices sont les seules lectures des analphabètes. Ton avenir n'est pas dans ta main, il est sur ton front !

— Ah ! la la ! Pour ce qui est de parler, tu parles bien, ça oui ! mais tu raisonnes comme une pantoufle ! Me faire à moi le coup de la liberté un pinceau à la main ! Tu m'as tout l'air d'une liberté, perché comme un con dans tes chiottes ! Ho ! rigolo ! Tu n'étais pas né que je travaillais déjà, non mais tu t'es vu avec ta tronche de meunier ! Et tu restes avec moi par pitié... C'est la meilleure ! Viens, descends, viens te regarder trente secondes dans la glace une fois dans ta vie !

Il attrapa Lucien par la manche et le tira ; violemment celui-ci se dégagea.

— Tire-toi ! cria-t-il. Fous le camp, il y a dix minutes j'étais heureux comme un pape, tu m'as gâché la journée !

Comme des poignées de gravier il jetait à présent ses mots au visage de Pierrot dont la cicatrice se violaça.

— C'est toi qui me gâches la vie ! hurla celui-ci. Tu crois m'aider mais tu me savonnes la planche !

Du tac au tac Lucien rétorqua :

— Tu pars complètement en biberine, mon pauvre vieux... Tu regardes tellement *Midnight Express* que tu finis par te prendre pour Billy Hayes ! « On bouche le trou et on revient demain, jusqu'à ce qu'on trouve ! Il doit bien y avoir une sortie ! » Tu la connais cette réplique, hein ? Tu la connais par cœur ? Eh bien non, Pierrot, avec la vie que tu as choisie, il n'y aura pas de sortie ! Jamais ! Bouche le trou et change de vie !

Il n'avait pas achevé sa phrase que Pierrot tournait les talons ; d'un coup de pied il renversa un seau de peinture et dégringola l'escalier en criant : « Salut l'esclave ! » Lucien le poursuivit sur le palier et de toutes ses forces lui lança le pinceau. Malheureusement il le rata. L'autre explosa de rire et disparut dans l'obscurité de la cage.

La journée était bel et bien foutue ; Lucien n'eut même pas le courage d'éponger la peinture, qu'importe, de toute façon il devait changer la moquette. Il donna un tour de clef et descendit dans la rue. Il se dirigea vers chez Gaby. « Je vais lire le journal en buvant un café, ça me décontractera. » Il pensa soudain que Pierrot avait sûrement eu la même idée, il bifurqua et traversa la place dans le sens opposé.

Il n'avait pas fait cent mètres que son cœur se bloqua : Alice était là, à quelques pas de lui, elle contemplait la vitrine d'un maroquinier. Sans se retourner elle remonta la rue vers le haut de la ville. Il la suivit.

Même de dos il l'aurait reconnue, l'élégance de cette silhouette qui cependant n'avait rien d'extraordinaire. Elle portait les mêmes jeans que Marilyn Monroe dans *La Rivière sans retour*, très serrés des fesses aux chevilles, une petite veste rouge boutonnée jusqu'au cou était pincée à la taille par un ceinturon de cuir. Elle avait une fois de plus coupé si court ses cheveux qu'on pouvait, de loin, la prendre pour un jeune garçon. Les hommes ne s'y trompaient pas qui se retournaient sur elle, mais pas autant que Lucien aurait pu le penser.

Elle sortit de la vieille ville et longea un grand boulevard. Qu'était-elle venue faire ce matin dans leur quartier ? Les cherchait-elle ? Etait-elle montée jusqu'au grenier ?

Après le lycée elle tourna à droite et il fut plus prudent, ici les avenues étaient presque désertes. « Quelle honte si elle m'aperçoit », songea-t-il. Mais il ne pouvait s'empêcher de la suivre sans savoir au juste ce qu'il cherchait. Peut-être tout simplement n'avait-il pas eu le courage de l'aborder.

Elle s'engagea dans une impasse. Lucien se dissimula derrière une haie de lauriers. À travers les feuilles luisantes il la vit s'arrêter devant l'une des portes d'un petit immeuble rouge et sonner. Presque aussitôt une femme apparut sur le balcon du dernier étage, lui fit un petit signe et rentra. La porte d'entrée s'ouvrit et Alice disparut.

Tout autour c'étaient des pavillons de banlieue aux tuiles plates, avec chacun son petit jardin au cordeau que l'hiver avait flétri. Un chien qui avait aperçu son manège ferraillait contre un portail. Plus loin, derrière, les collines commençaient.

Il n'y avait pas cinq minutes qu'il était là, encore tout bouleversé de sa dispute et surtout d'avoir revu Alice après tout ce temps, qu'elle réapparut. Il courut se cacher derrière un camion ; accroupi, il la vit entre les roues sortir de l'impasse. Elle se dirigeait à nouveau vers le centre de la ville.

Il hésita à la suivre encore ; quelque chose le poussa vers cette impasse ; il s'approcha de l'immeuble rouge. À côté du plus haut bouton de sonnette un nom était à moitié effacé. Il jeta un regard derrière lui et sans réfléchir, appuya. Là-haut la femme se pencha :

— Oui ?... demanda-t-elle.

Lucien s'écarta un peu de la porte, racla sa gorge, bafouilla :

— Je suis un ami d'Alice, excusez-moi, je...

— Je vous ouvre, un instant, répondit-elle.

Sa tenue de peintre, ses mains et son visage piqués de blanc lui revinrent en mémoire dans l'escalier. Tant pis, c'était trop tard, il se contenta de rougir.

Tout de suite il la reconnut : la femme à la voiture noire qui lui avait sauté dessus du côté de Saint-Martin, la tante d'Alice. Elle portait un chemisier ivoire et une jupe noire.

— Vous ne me reconnaissez pas ? dit-il. C'est moi qui avais retrouvé Alice au fond du vallon le jour où...

— Mon Dieu ! mais bien sûr, je vous en prie entrez... Vous connaissez ma nièce ? Vous l'avez revue ?... Vous savez à l'époque j'avais pensé faire passer une annonce, essayer de vous retrouver, de vous remercier, et puis la vie, les soucis... Peut-être un peu de timidité aussi, on devient sauvage vous savez avec le temps. J'espère que vous ne m'en voulez pas ? Asseyez-vous je vous en prie, vous prendrez bien un café ?

— Non, non, c'est très gentil, je vais tout salir, j'ai aperçu Alice par hasard, je ne l'avais pas vue de tout l'hiver, nous sommes devenus très amis.

— Installez-vous, il n'y a ici que des vieilles choses qui ne risquent plus rien, je nous prépare un café, je suis si contente, c'est la première fois que je rencontre un ami de ma nièce, elle est tellement secrète, elle ne me dit jamais rien. J'en ai pour une minute, faites comme chez vous.

De hautes pommettes et des arcades sourcilières bombées donnaient à ce visage une grande noblesse.

C'était un appartement clair qui sentait la cire et le silence. Le salon était meublé d'un buffet massif assorti à la table, d'un lit à une place dans un cosy-corner, peut-être celui où dormait Alice lorsqu'elle venait ici, et d'une bibliothèque anglaise vitrée. Un livre ouvert était posé à l'envers sur la nappe. Lucien se pencha, lut : José Cabanis, *Une femme dans la ville.* Un rayon de soleil allait le toucher.

— Alors vous êtes devenus amis, que c'est étrange... Vous lui aviez sauvé la vie, dit la tante déposant un plateau sur la table en souriant.

— Elle vient souvent nous voir.

— Qui nous ?

— Pierrot et moi.

— Ah...

— Nous restons parfois des mois sans la voir puis un beau matin, hop, la voilà.

— C'est la même chose ici, je ne sais rien de sa vie ; vous prenez du sucre ?... Vous parle-t-elle de moi quelquefois ?

Elle avait posé cette question en baissant la voix, sans regarder Lucien.

— Oh oui, souvent ! Vous êtes la seule personne dont elle parle. On dirait chaque fois qu'elle arrive d'une autre planète.

Les hautes pommettes s'empourprèrent d'un plaisir contenu.

— Attendez, dit-elle, je vais vous montrer quelque chose.

Elle tira du buffet une boîte à chaussures et l'ouvrit sur la table : c'était de petites photos en noir et blanc comme on en faisait jusque dans les années 60 :

— C'est elle lorsqu'elle était toute petite avec ses parents... Vous me promettez de ne pas lui en parler ?... Je les regarde chaque jour.

Le soleil dehors était celui d'un matin de printemps, pourtant Lucien eut une impression de lumière d'automne : la douceur de la voix, la paix de cet appartement, ces photos déjà vieilles où l'on voyait des voitures disparues. Il eut envie brusquement d'être malade ici, de rester couché dans ce petit lit du salon et qu'Alice et cette femme au chemisier calme l'apaisent en lui montrant des photos d'enfance.

— Tenez, regardez celle-ci, Alice à six mois dans les bras de sa mère... ma sœur était une très jolie femme vous ne trouvez pas ?... Là elle n'a pas vingt ans.

C'était en effet une très jeune femme qui tenait dans les bras un bébé qui fronçait les yeux à cause du soleil.

— Et celle-ci, entre ses parents, c'étaient ses premiers pas.

Lucien reconnut les trottoirs de la Canebière où se prenaient jadis toutes les photos. Les photographes ne vous demandaient pas votre avis et ça marchait. Il repéra derrière la bâche des Chaussures André et l'atmosphère grouillante du cours Belsunce ; les femmes portaient des sandales à semelles compensées. Lui aussi avait été pris là avec sa mère trente ans plus tôt. D'ailleurs cette femme si belle qui tenait Alice par la main aurait pu être sa mère. Elle portait le même tailleur gris dont la jupe descendait à mi-mollet.

— Voici ma préférée, dit la tante en riant, là elle n'a pas un an.

Alice était assise sur une table et se mangeait les deux mains à la fois, elle ressemblait à une petite Chinoise et on voyait sa culotte. Lucien en fut ému. Un chewing-gum était collé sous sa chaussure d'enfant.

— Avec son père à la plage, lui aussi était bel homme, elle lui ressemble beaucoup... Vous parle-t-elle de ses parents parfois ?

À nouveau elle venait de baisser la voix.

— Oui, je sais qu'ils sont en Argentine, qu'ils lui envoient de l'argent.

— La pauvre... Ça me brise le cœur, je... Elle n'a jamais accepté la vérité. Écoutez, vous l'aimez beaucoup n'est-ce pas ?... Je ne sais pas, j'ai confiance en vous, si je vous raconte ce qui s'est réellement passé cela pourra sans doute l'aider, vous la comprendrez mieux. Vous me promettez de garder le silence ?

Lucien hocha la tête. Il comprit que cette lumière d'automne qui baignait chaque chose émanait de ses yeux.

— Son père est mort il y a plus de douze ans, c'était un homme d'une immense sensibilité, d'une richesse intérieure très rare. Lorsque ma sœur l'a rencontré il vendait des petites cartes postales dans la rue, qu'il peignait lui-même. Il a toujours voulu peindre, c'était l'unique but de sa vie, comment dire... Presque une obsession. Ils se sont tout de suite mariés, Alice est née. Ses toiles ne se vendaient pas du tout. Ils vivaient dans une misère noire à Marseille, deux pièces sordides derrière le jardin zoologique, l'été avec les grosses chaleurs l'odeur devenait infernale. Il a pensé qu'à Paris ça marcherait mieux. Ils sont partis. Ça a été pire, ils ont vécu pendant trois ans dans une péniche en ruine qui coulait l'eau. Ma sœur est tombée malade, ils ne mangeaient rien. Aucune galerie ne voulait de ses toiles, pourtant je suis convaincue qu'elles avaient une grande valeur. C'était un véritable artiste, sa fille lui ressemble comme deux gouttes d'eau, elle est très très sensible, trop... Ce qu'il peignait était trop personnel, des nuées de petits personnages minuscules dans un univers de cauchemar. À l'époque il n'y avait pas de clientèle pour ça, beaucoup trop personnel... Ils sont revenus ici en Provence ; un libraire qui adorait ses toiles mais n'avait pas un sou lui a prêté un cabanon de vingt mètres carrés au milieu des vignes, tout près de Manosque. Malheureusement c'était trop tard, c'était fini, Paris l'avait rejeté, il était désespéré, brisé. Il s'est mis à boire dans les bistrots puis chez lui, de plus en plus ; il ne parlait plus à personne, quand on venait le voir il se cachait... Un soir il a disparu. On l'a retrouvé trois jours plus tard sous le viaduc de Forcalquier, vous voyez ce pont ? Juste à l'entrée ?... Beaucoup de gens après lui s'y sont jetés, surtout des vieillards de la maison de retraite ; on a fini par mettre des grilles. Trois mois plus tard ma sœur a été hospitalisée, à son tour elle ne parlait plus. Ça fait douze ans qu'elle est dans un hôpital psychiatrique à Marseille, elle n'a plus dit un mot.

— Et Alice ?

— Elle adorait son père, à l'école les gosses lui ont dit comment il était mort, elle avait huit ans.

— Elle va voir sa mère ?

— Elle prétend que non, elle n'en parle jamais mais les infirmières me disent qu'elle y va très souvent. Elle a toujours été très affectueuse ; elle ne montre rien, je ne l'ai jamais vue pleurer, c'est ça qui me fait le plus peur. Je ne connais personne d'aussi fragile, d'aussi blessé. Depuis c'est moi qui l'ai élevée, c'est comme ma fille, c'est même beaucoup plus... Vous savez il y a des années que je ne dors plus la nuit, je me fais un sang d'encre. Elle a plusieurs fois tenté de mettre fin à ses jours ; si vous ne l'aviez pas trouvée en bas dans la rivière, elle aurait perdu tout son sang... Quand je la vois partir mes jambes tremblent, je me dis chaque fois que je ne la reverrai pas. Mais peut-être que je vous embête avec cette histoire ? Vous êtes en train de travailler ? Je vous en prie, veillez sur elle, soutenez-la, elle est perdue. Surtout ne lui dites pas que je vous ai parlé, je vous en supplie, pas un mot, elle ne remettrait plus les pieds ici.

Lucien se dressa, ses jambes aussi tremblaient. Par la baie vitrée, la vue plongeait dans les jardins. Le chien de tout à l'heure était encore accroché à son portail, à nouveau il avait détecté quelque chose de louche. Malgré son allure de berger allemand il paraissait d'ici tout à fait inoffensif.

Il courut au grenier, prit une douche, se changea. Il sortait lorsque Alice lui tomba dans les bras. Longtemps elle l'écrasa contre son corps. Il sentait sa poitrine et ses épaules sauter. Elle pleurait. « Lucien, Lucien... », répéta-t-elle le visage enfoui dans son cou. Il l'écarta un peu afin de voir ses yeux. Comme il forçait, par pudeur elle éclata de rire. Il la regarda rire à travers ses larmes.

— Il y a si longtemps, Lucien, que j'ai envie d'être avec toi, bredouilla-t-elle la bouche noyée de pleurs.

— Pourquoi tu ne venais pas ?

— Tu ne comprends pas, Lucien, je voulais être seule, seule avec toi comme maintenant.

Il sentit son cœur battre à tout rompre.

— Viens, dit-il, on va boire quelque chose de fort sur la place.

Elle fit « oui » en se mettant du noir partout. Il fut étonné qu'elle ne commande qu'une orange pressée ; « deux », fit-il.

— Je t'ai aperçue tout à l'heure dans ta veste coquelicot, je n'ai pas osé t'appeler.

Elle se pencha et l'embrassa très doucement sur le coin de la bouche. Son nez luisait encore de larmes.

— Pas coquelicot ! C'est un rouge garance. Tu ne connais pas la garance ?... C'est une plante qui me ressemble, elle n'aime que la chaleur. Jadis on en teignait le pantalon des soldats ; et puis surtout c'est une plante qui voyage, un jour ici, un autre là, il suffit que reste accrochée à ton pull une poussière de garance pour qu'une nouvelle plante pousse cent ou mille kilomètres plus loin, au gré de tes voyages. En tout cas j'aimerais être comme elle, me poser sur un pull et être partout chez moi.

Quand l'après-midi bascula la lumière de l'autre côté de la ville, ils allèrent se promener le long d'un canal d'arrosage que franchissaient partout des petits ponts. C'était un quartier calme où l'on n'entendait que les oiseaux et le froissement de l'eau dans les joncs. Elle posa sur Lucien son regard.

— Dès le premier jour j'ai eu envie d'être avec toi, comme ça, je n'ai jamais osé te le dire, tu me semblais si timide, si...

Il rougit.

— Et Pierrot ? dit-il la voix cassée.

Elle toucha sa main.

— J'aime les hommes timides, maladroits, empruntés, qui renversent les verres et les bouteilles dès qu'on leur adresse la parole, bafouillent, font tomber la table pour rattraper les verres, rougissent, s'affolent. Je n'aime pas les hommes trop sûrs d'eux-mêmes, ils manquent de délicatesse, d'élégance... Ceux qui me troublent sont fragiles, fuyants.

À nouveau elle éclata de rire.

— Je t'aime, Lucien, parce que lorsque je

te parle tes oreilles deviennent garance, ma couleur préférée, alors je voudrais te serrer très fort dans mes bras. Oh ! Tu sais de quoi j'ai envie tout de suite ?... J'ai une envie folle d'avaler un plat entier de pâtes au beurre et au gruyère !

Serrés l'un contre l'autre ils rentrèrent. Il était heureux comme jamais il n'avait osé l'espérer. Le bonheur emportait tout son corps. Sur le chemin qui descendait vers la ville les ombres s'allongeaient. Il avait une telle envie de hurler qu'il se mordit la langue à la trancher.

— Ne cours pas si vite, tu vas me faire tomber ! cria-t-elle.

Il ne s'en était pas aperçu. En bas, les toits étincelaient comme un étang de terre cuite.

Elle referma derrière elle la porte du grenier et le regarda violemment.

— Dis-moi que tu m'aimes !

Sans attendre une réponse elle prit sa tête dans ses mains et sauvagement écrasa ses lèvres contre les siennes. D'un seul coup elle lui retira son pull, déboutonna sa chemise et embrassa partout sa poitrine.

— Et les pâtes ? articula-t-il la gorge douloureuse.

Elle déboutonna sa veste et la laissa glisser sur le sol. Ses yeux brillaient comme la nuit. Ses seins étaient nus. Lucien se faufila sous les draps afin qu'elle ne voie pas battre son cœur.

Pendant des heures ils s'étreignirent sans un mot, leurs souffles mêlés, puis, lorsqu'il fit entièrement noir autour d'eux, elle lui dit tout doucement dans le cou :

— Quand j'étais toute petite j'avais une médaille qui représentait une petite bohémienne, on voyait son visage avec des cheveux en l'air. À l'école toutes les autres petites filles portaient des médailles de la Vierge Marie, j'étais la seule à avoir la petite bohémienne, j'en étais fière ! Mon père me prenait dans ses bras, il me soulevait très haut sur sa tête en m'appelant sa petite bohémienne ou Esméralda la reine de Paris. Il me faisait tourner... Je savais que je ressemblais à ce visage, je mettais mes cheveux en l'air. Elle était un peu molle lorsque je la mordais, c'était peut-être de l'argent. Et puis, je ne sais plus quand, cette médaille a disparu, je l'ai complètement oubliée, je devais avoir sept ou huit ans... le jour où j'ai voulu me tuer au fond du vallon, dès que tu as touché ma main j'ai entendu « Viens ma petite bohémienne, ma petite reine de Paris » et j'avais l'impression que c'était mon père qui venait me chercher... Depuis tant d'années pas une seule fois je n'avais pensé à cette médaille comme si elle n'avait jamais existé et là, brusquement...

Malgré des crampes à chaque muscle il la serra encore plus fort. Ces crampes étaient la plus violente preuve du bonheur fou qui l'enlevait.

Elle s'endormit. Pas lui. Des fourmis grimpèrent le long de son bras gauche, lui dévorèrent l'épaule, envahirent la moitié de son corps. Il n'osait remuer le petit doigt. Il aima cette douleur. Il revit Alice au milieu des roseaux, sous une argile de sang ; en pleurs parce qu'un homme avait voulu la violer ; ivre dans l'eau glacée de Cassis, les yeux hors de la tête ; nue sur les galets dans les bras de Pierrot ; il revit toutes ces saisons, ses irruptions merveilleuses et brutales, ses départs... Il respirait son souffle. « Dors ma petite bohémienne », songea-t-il. La souffrance et la joie tirèrent de ses yeux des larmes plus délicieuses que cette nuit de printemps qui parfumait le monde.

Le jour s'était levé depuis longtemps quand la porte s'ouvrit. Leurs corps encore liés, ils levèrent la tête : Pierrot était là. D'interminables secondes, immobile il les fixa. Ses mains étaient pâles, son visage vide. Rien n'avait changé dans ce visage et personne n'aurait pu le reconnaître. Cet homme debout, muet, qui venait d'entrer dans le grenier, ni Alice ni Lucien ne l'avaient jamais vu. Sa joue se mit à vibrer comme lorsqu'un nerf se coince. Lili qui s'avançait frétillant de la croupe buta contre ce regard et ne broncha plus.

— J'aurais dû m'en douter, articula-t-il enfin d'une voix blanche, maintenant je comprends tout... Alors c'est pour ça que depuis des mois tu m'évites... Tu fais semblant de travailler dans ton coin. Vous faites vos petits coups en douce. Dans mon lit en plus.

Lucien s'aperçut seulement qu'il s'était trompé de lit, peut-être n'avait-il pas osé proposer à Alice le matelas par terre.

— Mais non, tu déraillles, Pierrot, dit-il, écoute...

— Ferme-la ! Vous n'avez pas eu le courage de me le dire et c'est moi qui déraille ! Tu me dégoûtes, Lucien ! Dire que je croyais avoir un ami... Un seul, et dès que je tourne le dos, embarquement immédiat pour Cythère.

— Il a raison, dit-elle, tu te trompes totalement.

— Eh oui, bien sûr, je me trompe ! Je vous trouve enlacés les yeux dans les yeux et je me trompe ! Tu crois que je ne me souviens pas qu'à Noël tu le cherchais partout, tu étais comme folle. Remarque je m'en étais douté, avec moi tu picoles, avec lui tu files le grand amour. Mais qu'est-ce que tu peux bien lui trouver, nom de Dieu ! Regarde-le ! Regarde-le une fois pour toutes ! C'est un puceau, un moine, une poule mouillée !

— Tais-toi ! Tu n'as pas le droit ! le coupa-t-elle.

— Comment ça je n'ai pas le droit ! Non mais tu es aveugle ou tu es saoule !... Tu ne vois pas que c'est un hypocrite ! Il t'a endormie avec des mots... Oui, hypocrite ! Tu m'écœures, Lucien ! Tu...

Maintenant ses lèvres et ses mains tremblaient. Ses narines se dilatèrent. Tous deux crurent qu'il allait hurler mais il fit deux pas en avant et de toute la force de son poing pulvérisa le fenestron.

Terrorisés ils s'étaient assis dans le lit. Ils savaient que chaque mot accroîtrait sa fureur. Il était trop loin pour entendre quoi que ce soit. Queue entre les jambes Lili s'enfila sous l'évier.

Il se baissa, ramassa quelque chose et s'approcha du lit, un éclat de vitre aussi long qu'un poignard étincelait dans sa main.

— Salaud ! siffla-t-il.

Il souleva son bras et avec cette arme il cingla la poitrine nue de Lucien. Celui-ci ressentit une cuisante brûlure qu'il associa à celle d'un coup de fouet. Alice poussa un cri strident. Il baissa la tête et ne vit rien mais très vite un trait rouge apparut de la pointe d'un sein à l'autre, une dentelle de sang se forma au-dessous et rapidement s'allongea vers le ventre. Alice suivait le glissement du feston, ses deux mains dans la bouche.

Pierrot projeta contre le mur le triangle de verre et, enjambant l'appui du fenestron, disparut sur le toit. Quelques secondes plus tard il sautait dans le grenier un paquet dans la main d'où il tira la grenade et le P38.

Maintenant ils étaient sûrs de mourir. Des larmes jaillissaient de ses yeux. Il allait leur vider le chargeur dans le corps. Devant eux le drap commençait à rougir.

— Pauvre type ! Minus ! dit-il. Tu m'as toujours encombré et pourtant j'ai tout partagé avec toi. Je t'aurais donné n'importe quelle femme, je te les aurais toutes données, sauf Alice ! Et ça tu le savais !... Tu as toujours été jaloux ! Parce que tu n'es pas courageux, parce que tu n'es pas beau, parce que tu ne vis rien ! Tu n'es qu'un parchemin bouffé par les rats !...

Il se tut, regarda le pistolet. Ils sentirent qu'il cherchait dans les mots la force de tirer.

— La Société générale je vais me la faire tout de suite et tout seul, juste pour te prouver que tu n'es qu'une larve !

Il tourna les talons et de toute la puissance de sa folie lança la porte contre le mur. L'ampoule du plafond se décrocha et explosa sur le sol. Ils l'entendirent dégringoler quatre à quatre les marches.

Dix heures sonnaient lorsque essoufflé il pénétra dans la banque. Il y avait un ou deux clients devant chaque caisse. Il verrouilla la porte de l'intérieur — c'était peu avant que l'on installe partout des sas de sécurité —, tira un rideau de velours et fit irruption dans le bureau du directeur d'agence juste à gauche de l'entrée.

Quand celui-ci releva la tête il eut un canon entre les deux yeux et une grenade collée à la tempe.

— Un geste et je te fais sauter la cervelle.

Le directeur n'avait pas trente ans : élégant, souple, méthodique et vif d'esprit, il comprit tout de suite qu'il avait affaire à un fou qui agissait seul à visage découvert. Le sien se couvrit d'un coup de sueur. La pire des agressions.

— Dis à tes employés de pas bouger d'un pouce ! Au moindre mouvement je fais exploser la baraque !

Bien que deuxième série au tennis le jeune

homme eut du mal à se relever. Quand il entra dans la salle, une arme de chaque côté de la tête, tomba un silence de mort. Beaucoup avaient déjà compris, voyant cet énergumène tirer le rideau au beau milieu de la matinée.

— Que tout le monde reste calme et il n'arrivera rien, surtout ne bougez pas, bredouilla-t-il, nous allons donner à ce monsieur ce qu'il désire et il s'en ira sans aucun problème.

— Appelle le caissier central avec la clef du coffre ! le bouscula Pierrot. Je veux tout ce qu'il y a dedans !

Un petit rondouillard s'avança, blanc comme un linge.

— C'est moi, chevrota-t-il.

En temps normal il devait être jovial, rose et d'origine paysanne. Lorsqu'il sentit à son tour l'acier du canon planté dans sa joue ses jambes courtes entamèrent un frénétique charleston.

— Passe devant ! commanda Pierrot, et il ajouta très fort : Si quelqu'un essaie de sortir, s'il y a la moindre alarme, il n'y aura pas un seul survivant ! J'ai deux amis qui attendent dehors armés jusqu'aux dents !

Il dégoupilla devant tous la grenade, la cuillère serrée dans ses doigts.

Soudé par la terreur l'équipage s'ébranla

vers la salle des coffres. Seul Pierrot n'était pas habité par la peur, il accomplissait tel un automate tous les gestes qu'il avait cent fois répétés dans sa tête depuis des semaines. Ce qui se passait autour de lui, il était le seul à ne pas le voir, il avait encore devant les yeux les deux corps enlacés d'Alice et de son ami.

Pendant qu'ils descendaient l'escalier, un homme poussa la porte de la banque et fut étonné de la trouver close, rideau tiré. C'était un riche marchand de meubles qui avait l'habitude de venir presque chaque matin discuter de sa passion, la bourse, avec le jeune directeur. Celui-ci en avait un peu marre mais que faire, c'était l'un des plus gros clients. Il se contorsionna jusqu'à dénicher un petit espace par où il pouvait apercevoir un morceau d'intérieur : là-dedans tout le monde semblait statufié. Il fut frappé par les yeux dilatés d'effroi. Il se redressa, chercha autour de lui, faillit appeler au secours et démarra comme un dingue vers le commissariat. Il courait à perdre haleine sur le boulevard de ceinture quand il reconnut, venant en sens inverse et à petite allure, une voiture de police. Écartant les bras il bondit sur la chaussée. Le véhicule pila.

— Vite ! hurla-t-il au chauffeur qui baissait sa vitre afin de l'engueuler. Il y a une agression à la Société générale !

— Comment ça une agression ? fit le chauffeur que la petite allure de la ronde avait un peu ensuqué.

— Dépêchez-vous ils sont encore dedans ! Vous allez arriver trop tard.

Le marchand de meubles ne passait pas dans la ville pour un petit plaisantin. De toute évidence il était à jeun. Le deuxième flic décrocha le téléphone et appela toutes les voitures de patrouille.

Dans les sous-sols de la banque, Pierrot venait de bourrer sa chemise de cent soixante-dix mille francs en coupures diverses que contenait le coffre.

— Ça suffit pas ! dit-il sèchement, je veux aussi tout ce qu'il y a là-haut dans les caisses !

Au trot le directeur et son caissier escaladèrent les marches. Ce qui les inquiétait le plus était que le regard de cet homme ne soit toujours pas présent. Ils savaient que la grenade n'avait plus sa goupille, un faux mouvement et tout était soufflé.

Personne ici n'avait bougé d'un millimètre. Pierrot tentait de faire pénétrer dans sa chemise la liasse de billets qu'une employée venait de retirer de la troisième caisse lorsqu'il entendit hurler la première sirène. Un « oh ! » de panique monta autour de lui. Il balaya l'assemblée de son arme. Plus un cœur ne battit. Il se rua sur le directeur et à nouveau lui emprisonna le crâne entre les deux machines de mort.

La première voiture de patrouille ne s'était pas élancée plein gaz vers la banque, les deux flics avaient longuement appelé du renfort puis, par un itinéraire qui n'était pas tout à fait le plus court, et après avoir branché la sirène s'étaient acheminés vers le lieu de l'agression. Ils avaient l'excuse de n'aller au tir que trois ou quatre fois l'an.

Les trois véhicules de ronde débouchèrent ensemble sur la place devenue parking où se trouvait la Société générale. Les six policiers dégainèrent et s'accroupirent prudemment derrière les carrosseries et les platanes, à une trentaine de mètres de la porte vitrée qu'aveuglait un rideau sombre.

Alice avait enroulé une serviette-éponge autour du torse de Lucien. Comprimé, le sang coulait moins. Le hululement des sirènes leur fit dresser la tête.

— Pierrot ! lâcha-t-il hébété, avant de bondir sur ses vêtements.

— Où vas-tu ? le secoua-t-elle.

Sans répondre il plongea dans l'escalier. Lili s'y jeta avec lui.

La foule s'écrasait déjà à l'entrée de la place. Les sirènes venaient d'être coupées et la rumeur enflait dans ce quartier de la ville, de toutes les rues les gens arrivaient en courant. Les girophares tronçonnaient les arbres.

À l'intérieur de la banque on tira le rideau. La porte s'ouvrit. La foule se tut : Pierrot tenait le directeur entre ses armes. Il repéra d'emblée quatre uniformes sur six, pourtant son cœur n'enregistra que la douce clarté du ciel. Jamais il n'avait éprouvé un tel calme.

Il commença à progresser lentement, dos au mur, vers un angle de la place d'où partaient deux ruelles. Lucien vit avant lui le flic embusqué derrière un compresseur qui minutieusement le mettait en joue.

— Attention ! beugla-t-il dans le silence. Sur ta gauche !

Pierrot tourna la tête et aperçut le canon et la moitié du visage. Il pivota et fit feu. Épouvanté le jeune directeur se jeta à terre. Pierrot soudain se sentit nu.

Telle une vague énorme qui s'abat sur la grève, la foule entière s'écrasa sur le goudron. Il lâcha trois ou quatre coups vers les flics et profitant de l'éclipse partit en courant. Presque aussitôt ceux-ci répliquèrent, sauf celui du compresseur qui avait perdu l'équilibre, basculé en arrière et lâché son 357 magnum.

Une immense vitrine s'effondra dans un fracas de tous les diables, trois pare-brise éclatèrent crachant une écume de soleil.

Une seule balle atteignit Pierrot au pli de la jambe, broyant sa rotule. Une effroyable douleur le cisailla. Sur son élan il fit à cloche-pied encore quelques mètres et s'affala sur le ventre. Afin d'amortir la chute sa main s'ouvrit, réflexe d'enfant, la grenade lui échappa. Quelques secondes et la ville entière entendit l'explosion.

Son corps arraché de terre pirouetta dans l'air. Une dernière fois il entrevit, mordu par les gênoises rousses, le ciel indigo. Ce ciel déployait à ce moment de la matinée la finesse, la grandeur du plus bel opéra. Durant trente ans, à chaque heure du jour et de la nuit, il avait aimé ce ciel, s'y était allégé des rages et des saletés de la vie. Jamais il n'avait eu l'occasion d'entendre un seul opéra. Il n'eut pas le temps de se consoler en pensant qu'il n'était pas le seul.

Maintenant il gisait sur le dos. Combien de fois s'était-il couché comme ça sur des toitures, dans des champs, au bord des chemins et des rivières, dans un coin de chantier entre midi et deux. Les yeux grands ouverts il fixait à présent le feu du soleil sans se dire : « Allez debout, il faut aller plus loin. » De sa chemise déchiquetée coulait un torchis de viscères et de papier.

Lucien fut le premier à être sur lui et sans doute le seul à vomir tout ce qu'il avait dans le corps. Très vite les pompiers recouvrirent son ami d'une couverture avec l'air de dire : « Si tu pouvais avaler ton chapeau de façon un peu plus convenable, ça arrangerait tout le monde. » Tout le monde d'ailleurs se dispersa.

Lucien se laissa alors tomber sur un banc, trop assommé pour pleurer même des larmes de sang. La tête posée sur ses genoux, Lili le regardait souffrir.

Sur les toitures le jour tourna. Il n'y avait plus à présent sur le parking que des gens absorbés qui venaient récupérer leur voiture. Lucien se leva et à travers des immeubles qui miroitaient au couchant quitta la ville. Il marcha toute la nuit sur une route qu'il n'avait pas choisie. Il attendait la fatigue et Lili ne quittait pas ses talons. Ensemble ils traversèrent des villages endormis dont il ne regardait pas le nom. Quand le jour dans son dos souleva le ciel il aperçut un chien couché au milieu de la route, sans doute un briard beige, il vit en se rapprochant que ce n'était qu'un sac de ciment Lafarge vide que le vent avait roulé jusque-là. Il monta sur le talus et prit à travers champs. Il avait besoin d'éviter les hommes.

Pendant trois jours il descendit dans des vallons, escalada des éboulis, plongea dans des ravins sous le soleil ou dans la nuit, longea des gorges plus étroites que des ruelles dont les parois coulaient l'eau, déboucha dans les plaines que le printemps ravivait. Il traversa des routes, des voies ferrées, des ponts sur des rivières, sauta des centaines de canaux d'arrosage, franchit toutes sortes d'horizons.

Parfois il s'écroulait au pied d'un mur en ruine ou au milieu d'un bois, son visage et ses mains déchirés de ronces et de pierres coupantes. Il attendait encore la fatigue. Deux heures après, le ventre en feu, il repartait.

Lentement ils s'enfoncèrent dans des terres sauvages. Hagards, ils avançaient tous deux sur des plateaux usés de vent où ils ne croisaient que quelques bergeries mortes de soleil. Même les troupeaux avaient déserté ces lieux raclés par le ciel. Ils descendaient le soir dans des vallées profondes où s'allumaient des villes. Lorsqu'ils apercevaient de loin quelque ferme ou hameau, ils les contournaient avant que les chiens ne les repèrent et hurlent. Mais Lucien ne voyait pas ces forêts, ces campagnes, ces gorges, il ne traversait que les régions morales de la douleur.

Pas une seule fois il ne revit le ventre déchiqueté de son ami. Sans cesse, devant ses yeux, surgissait le regard violent et malicieux, rieur et terrible. Et il associait en marchant, en trébuchant dans les mottes luisantes de lune, la petite cicatrice violette du front à la sensation de mort.

Enfin, après trois jours et trois nuits d'errance, il s'effondra sous un chêne qui avait des cheveux, des doigts, des sourcils de sorcière, et la fièvre embrasa son corps. Lili se coucha sur lui et doucement commença à pleurer.

Pas une seconde, autour, le monde n'avait cessé de rugir, et Lucien savait que celui-ci courait à sa perte. À cet instant précis chaque homme rêvait d'égorger le suivant ; certains ne pouvant plus tenir s'y mettaient tout de suite, quelque chose étincelait brusquement dans leurs mains. Les autres, plus lâches, attendaient le bon moment.

Etendu dans les feuilles mortes, il rêva qu'un petit oiseau à tête noire percutait une vitre et tombait sur l'appui d'une fenêtre. Toutes ses plumes tremblaient, ses pattes fragiles griffaient le ciment. Un rouge-gorge s'accrochait à une branche de lierre, juste à côté, et le regardait mourir sans pouvoir rien faire. Les tremblements cessaient et le rouge-gorge s'envolait seul.

Deux jours après, titubant, il entra dans la zone d'Avignon. Il pénétra dans une grande surface et avala tout ce qui lui tomba sous la main. La fièvre avait chuté. Il sortit avec deux barquettes de viande pour Lili qu'il ne dissimula même pas, personne n'osa l'intercepter tant il avait l'air effaré.

Un kilomètre plus loin un garagiste qui ne savait plus où donner de la tête l'embaucha sans regarder son visage ; s'il en avait eu le temps, il se serait jeté sur le téléphone pour prévenir le quartier de force de Mondevergue qu'un de leurs fous furieux était là, à deux doigts de la crise.

Deux mois durant Lucien balaya des ateliers, vidangea des moteurs, répara des roues crevées, nettoya toutes sortes de pièces de voitures et de camions au diluant et à la vapeur. Jamais le garage n'avait été aussi propre. Lucien ne disait pas un mot, il s'abrutissait de travail. Le soir après la fermeture des portes, seul il balayait encore. Le patron l'aimait bien, il le laissait dormir dans le bureau avec Lili. C'était un gardien qui travaillait gratuitement une partie de la nuit.

Début juin Lucien partit comme il était arrivé, laissant sans voix le garagiste. Pendant quinze jours il cueillit des cerises chez un riche paysan du Vaucluse, avec une telle volonté d'anéantissement qu'émerveillé celui-ci le déplaça d'un champ à l'autre jusqu'à la fin de l'été. Lucien ramassa des centaines de tonnes d'abricots, de pommes de terre, de pêches, de melons et de tout ce qui fait l'opulence de cette région.

Jour après jour, dans la poussière de ces plaines en flammes, il tuait dans son corps la force de penser, mais il avait toujours devant lui, jusqu'à ce qu'il s'abatte le soir sur le lit de camp, ce regard terrible et malicieux.

Si acharné à la tâche sous la fournaise, tellement silencieux que les Arabes et les Espagnols le craignirent. Il tira ces mois sans prononcer une seule parole ; Lili le suivait partout sans le quitter des yeux.

Mi-septembre on les vit tous les deux du côté d'Uzès. Là, il fit les vendanges avec un visage de statue, puis ils poursuivirent vers les terres noires d'Alès.

Chaque jour la gouge de l'épuisement et de la douleur creusait un peu plus ses traits. Il s'enfonçait dans cet état de stupeur où l'avait jeté cette matinée de printemps. Marcher, travailler, travailler, marcher. Depuis six mois il n'avait pas ouvert un journal, un livre, écouté la radio ; il n'aurait pas reconnu un seul de ces hommes avec qui il avait mélangé sa sueur dans la poussière des champs et des hangars, incapable de dire le chemin qu'il avait parcouru.

Quand il sentait le frôler la présence d'Alice, d'un brusque revers de la main il la chassait, secouant la tête comme un cheval. Non, non, ce n'était pas lui, il n'avait pas tué son ami. Alice devint maudite. Tout son corps la rejeta.

C'est dans les derniers jours de novembre, alors qu'il venait de quitter à la sortie de Florac la borie où ils avaient dormi, que tomba la première neige. En moins d'une heure toute la campagne fut blanche, les corbeaux s'y abattaient telles des poignées de virgules lancées sur le cahier ouvert d'un écolier. À perte de vue tout était blanc, ou plutôt il n'y avait plus de vue, plus d'horizon, plus de ciel, seulement le ruban noir de la route et de quelque chemin, la silhouette d'un pylône qui ouvre les bras et peut-être, très loin, debout au milieu de son troupeau le clocher d'un village.

En traversant des boqueteaux poudrés, Lucien pensa au chignon de sa grand-mère.

Ils croisèrent deux vaches, une rousse, l'autre blanche, qui allaient comme deux anges égarés dans un ciel sans dieux. Ils traversèrent une forêt où le vent n'était jamais entré. La nuit leur tomba sur la tête comme un paquet de neige.

Ils butèrent à la sortie du bois sur un village qui fermait les yeux. Terrasse après terrasse ils escaladèrent une colline qui aurait pu être sous la neige la pyramide de Saqqarah que l'homme, un beau jour, a couverte de vignes.

Lucien aima ces flocons qui sans bruit effaçaient le monde. Pour la première fois il se demanda où il était, pour la première fois il eut la sensation qu'enfin il pouvait se perdre. Il s'arrêta et faillit tomber en arrière tant le silence était vertigineux.

Toute la nuit ils progressèrent sur un causse immense barré de quelques clôtures qu'il sautait, Lili passait dessous. Ils allaient sans savoir, lui suivant le fouet noir de sa queue qui battait les flocons.

Une gorge enfin s'ouvrit devant eux, profonde et noire. Ils y descendirent. L'aube ne les suivit pas. Tout en bas au fond un torrent roulait dans la pénombre son tonnerre, des vapeurs montaient du tumulte. La cataracte les arrêta. Une eau sombre y bouillonnait, brassant des troncs d'arbres qu'elle devait avoir arrachés au plateau car ici, hormis de la pierraille et du genêt à balai, il n'y avait rien.

Ils remontèrent de quelques mètres et longèrent cette puissance des ténèbres. Lucien s'aperçut qu'il venait d'entrer dans un hameau agrippé à la paroi et que la neige abolissait. Pas une seule trace de pas entre les masures, la moindre lueur sous les portes et les volets clos. Une toiture sur deux s'était effondrée sous le poids des lauzes et du temps. Ces ruines étaient envahies de ronces noires et d'orties, des cerisiers sauvages et des sureaux avaient poussé dans les cuisines et crevé les murs. Seul le grondement du courant hantait cet enchevêtrement de bâtisses que l'homme depuis longtemps avait fuies. Une haleine glacée recouvrait chaque pierre de mousse, et ce qui jadis devait être la ruelle de ce village tout en longueur, était partout obstrué de coulées de gravats.

Soudain, après un christ rouillé dressé près d'un lavoir, Lucien se figea et Lili s'étrangla de terreur : un homme était planté dans le chemin, un fusil braqué sur eux.

— Halte ou je tire ! hurla-t-il.

Il avait un visage extraordinaire. Tout y était coupant : le nez, le menton, la voix ; des brandons vivaient dans ses yeux. Les oreilles aiguës crevaient une chevelure hirsute.

— Qu'est-ce que vous cherchez ?

— Rien, répondit Lucien, je voulais traverser le courant mais je n'ai pas pu.

— Nom de Dieu ! Traverser le courant !

Vous ne savez pas qu'ici c'est le plus fort ! cria-t-il afin de dominer le grondement. Il nous aura tous et vous aussi ! Mon frère s'est noyé à Arcachon, soldat, je suis allé jusqu'à Bordeaux en train chercher le corps. Le capitaine m'a reçu, nom de Dieu, comme un ancien d'Algérie ! Il m'a même offert à boire !... Je suis revenu et je me suis perdu en route avec le corps, c'est pourtant pas compliqué, nom de Dieu ! Pendant trois jours j'ai changé de train, je me suis retrouvé dans le Nord et mon frère puait ! Qu'est-ce que vous voulez au juste ? Qu'est-ce que vous me demandez ? Je ne comprends pas ce que vous faites ici ? Il n'y a pas de cabine téléphonique, la crue l'a emportée. Il faudrait voir de ne pas me prendre pour la poste, nom de Dieu !

Il criait toujours mais le canon de son arme ne visait plus que les pieds de Lucien.

— Vous êtes un peu le maire ici ? demanda celui-ci.

— Vous avez le droit de me prendre pour un con, répondit l'être étrange, mais je suis comme le maire ici, j'ai cinquante-huit ans et j'y suis né ! J'ai vu mourir tout le monde ! Un matin ma terrasse s'est écroulée, vous voyez, là ?... Qui est-ce qui va refaire la voûte en dessous ? Dites-moi un peu ? Vous ?... Ma sœur s'est noyée juste en bas dans le trou, il pleuvait gros comme ça depuis huit jours, nom de

Dieu ! Les gendarmes sont arrivés le lendemain, on l'a retrouvée dans les osiers que vous voyez là-bas, accrochée par la robe... Le niveau avait baissé, elle était suspendue dans l'air les cheveux dans l'eau. Je crois que ma mère aussi s'est noyée, nom de Dieu ! C'est de sa faute, elle n'avait qu'à me laisser me marier !

Tout à coup il lança ses bras et le fusil au-dessus de sa tête et hurla vers le ciel de toutes ses forces.

— Pourquoi tu ne m'as pas laissé rencontrer cette fille ! Tu t'es noyée, tant mieux !

Plus embrasé que jamais son regard chercha quelque chose autour, ses oreilles pointues étaient violettes. Lucien comprit qu'il avait affaire à un fou. Malgré le fusil il n'avait pas peur.

— Qu'est-ce que vous voulez au juste ? Qu'est-ce que vous me demandez ?

— Est-ce qu'il y aurait un endroit où je puisse dormir un peu ?

Le fou parut interloqué.

— Dormir ?... répéta-t-il. Comment voulez-vous dormir avec un bruit pareil ! Mur après mur tout sera emporté, tant mieux ! Son bras libre balaya d'un coup cet amas de ruines. Puisque vous cherchez le maire vous n'avez qu'à vous mettre dans sa maison, tout en bas du village ! L'eau va encore monter et elle sera complètement inondée sauf l'étage, c'est comme ça qu'il s'est noyé l'autre hiver ! Maintenant je suis seul ici, alors tenez-vous bien !... Si vous voulez me voir je suis dans la chambre de ma mère, là, juste au-dessous, mais j'entends tout, nom de Dieu ! Je savais que vous alliez venir !

À reculons le fou regagna sa tanière. Il n'était vêtu que d'un bleu de Chine comme en portent les pêcheurs et les vieux marins sur le port de Marseille. Sa tête d'oursin, après s'être penchée à l'extérieur une dernière fois, disparut dans son terrier de pierres. Lucien eut l'impression que le hameau venait de subir un bombardement.

Il atteignit la dernière maison ; l'eau écumait devant la porte des caves. Il grimpa quelques marches que des siècles de pas avaient creusées, tira sur un morceau de ficelle, le loquet se souleva et la porte s'ouvrit : un souffle lui empoigna le visage, plus glacial que le gouffre.

Au fond de la pièce une cheminée bâtie dans le roc avait noirci de sa fumée le haut des murs et le plafond voûté. Il n'y avait là-dedans qu'une longue table de ferme, un lit encore fait, quelques casseroles et des rangées de bouteilles vides. Lili sauta sur le lit, elle se pelotonna la tête enfouie sous son ventre.

Du bois était entassé dans un coin ; Lucien prépara un feu. Il était épuisé mais n'avait pas sommeil. Pendant que les flammes montaient il observait une série d'assiettes en porcelaine de Sarreguemines dressées sur la hotte noire. La première représentait Notre-Dame-de-Grâce à Honfleur. Les suivantes, des scènes de la vie domestique ou champêtre : un valet de chambre aidant un soldat à se débarrasser de son sac à dos. Le soldat a l'air volontaire, le valet très bête. Sur une autre, un homme porte la hotte, il tient par la main une petite fille qui semble plus vieille que lui, sa femme coupe le raisin. Le ciel est noir, ils sont heureux. Au-dessous on peut lire Octobre. On saute tout de suite à Février : Deux hommes attablés dans une auberge ; l'un boit un verre de vin, l'autre joue de la guitare. Sur chaque assiette le motif est noir et blanc, la frise autour est bleue ou rose, elle tresse des croix et des ancres marines ou des cors de chasse avec les lapins.

Depuis qu'il était tombé dans ce hameau du fond des abîmes où un fou criait sur les eaux tonnantes, Lucien sans se demander pourquoi se sentait plus près de Pierrot. Quand la flamme fut haute il rajouta deux bûches et se blottit contre Lili.

Il se réveilla. Tout était sombre, la nuit venait sans doute de tomber. Le jour était-il descendu un instant dans le précipice ? Il sortit sur le pas de la porte ; l'eau avait dû monter, elle léchait les premières marches. Suivi de Lili il fit quelques pas vers le haut du village. Il ne neigeait plus mais aucune étoile ne prouvait qu'il y eût là-haut le moindre bout de ciel.

Brusquement, quelque part dans ces ruines, un cri perça la nuit. Ils s'arrêtèrent. Le fou hurlait à la mort. Lucien ne saisit le sens des paroles qu'après que le dément les eut plusieurs fois répétées, de plus en plus vite et de plus en plus fort.

— Salope ! Si tu m'avais permis de rencontrer cette fille, nom de Dieu, je n'en serais pas là ! Tu t'es noyée, tant mieux !

Sa fureur courait dans les ruelles mangées de ronces, s'engouffrait sous les voûtes détruites et montait cogner contre les géants de calcaire et de schiste qui l'envoyaient rouler au plus profond des gorges.

— Salope ! Si tu m'avais permis...

À la lueur de la neige ils rebroussèrent chemin vers la maison du maire. Lucien jeta quelques bûches sur les dernières braises, souffla à pleins poumons. Quand il se redressa le brame lugubre lui parvenait encore. Il n'en ressentit aucun malaise, cette douleur lui paraissait normale.

Ils se réveillèrent le lendemain matin tordus par la faim. L'eau avait gravi deux marches ; les caves étaient sans doute inondées. Comment cette bâtisse tenait-elle encore debout après des centaines de crues d'une telle furie ? Le temps était doux, sur le plateau la neige devait fondre et ruisseler partout.

Ils sortirent par un fenestron qui donnait sur le derrière. Un peu plus haut Lucien aperçut un câble qui franchissait la gorge à une trentaine de mètres au-dessus du courant, une espèce de plateau y était suspendu et devait faire l'aller et retour grâce à une poulie. Cela faisait penser à une araignée noire accrochée à son fil.

Le fou leur barra la route au même endroit que la veille, aux pieds du christ.

— Venez voir le journal ! cria-t-il. Il y a quelque chose que je ne comprends pas !

Ils le suivirent dans une pièce voûtée qui ressemblait comme deux gouttes d'eau à celle où ils avaient dormi.

— Normalement je reste en dessous dans la chambre de ma mère, c'est beaucoup plus sec, partout ailleurs ça coule gros comme ça quand il pleut. C'est glacial dans cette caserne ! Le matin, nom de Dieu, je retrouve le café gelé ! Avant je lisais le journal sous la lampe ici mais le froid me montait dans le dos, maintenant j'ai mis une ampoule dans la cheminée, vous comprenez, je mets les pieds comme ça et je sais tout sur le département, seulement j'ai un peu de difficulté pour voir.

Il attrapa le journal, l'ouvrit brutalement, l'avança, le recula, fronça les yeux.

— Ah, nom de Dieu ! Qu'est-ce que vous lisez là ?

Lucien se pencha, il remarqua que ce numéro datait du 8 juillet. Il lut un titre :

— « Un blouson de cuir a disparu. »

— Et en dessous ?

— « Mardi dans l'après-midi on a dérobé un blouson de cuir au magasin de vêtements Salveste, avenue Foch. Le voleur s'est fait présenter plusieurs blousons et a profité d'un moment d'inattention pour en prendre un. Il est parti en laissant l'étiquette sur le vêtement. »

— Ah ! je vous le disais, nom de Dieu ! Je connais tout sur le département, le premier qui s'approche je tire ! Vous voyez il est là, à portée de la main, et toujours chargé ! Et là ?

Il lança son doigt sur un autre coin de la page.

— « Dix-neuf perdrix grises dérobées. »

— Ah ! c'est pas banal !... Et là ?

— « À propos de la production bovine. »

— Ça on s'en fout ! Il n'y a plus personne dans le pays ! Je suis le dernier ! Pendant trente ans ma mère m'a loué dans toutes les fermes sur le Causse, ils se sont tous noyés ! Bon vent !

Il essayait toujours de lire mais rien ne venait. Lucien se demanda s'il avait un jour appris ou s'il n'y voyait rien.

— Il vous faudrait des lunettes, lui dit-il.

L'homme aux oreilles pointues éclata de rire. Son visage se fendit sur des gencives tranchantes. Lili recula dans un coin.

— Des lunettes ?... Ah ! elle est bonne celle-là ! J'en ai plus de cinquante paires ! Tenez, regardez ! (Il ouvrit le tiroir de la table.) Chaque année j'en trouve sur les berges.

Il n'y avait là que des verres de soleil enduits de graisse et de crasse, dont la plupart ne dataient pas d'hier.

— Ah ! vous êtes rigolo, vous ! C'est plutôt un câble neuf qu'il faudrait pour le téléphérique, l'an dernier il a cassé, tout est tombé dans le courant, nom de Dieu ! Emporté !

Il s'interrompit, braqua Lucien de ses yeux farouches.

— C'est pas tout ! Qu'est-ce que vous cherchez au juste ? Qu'est-ce que vous me demandez ?...

— Rien... Dites-moi où se trouve le plus proche village, avec ma chienne on meurt de faim.

Les yeux se durcirent.

— Qu'est-ce que vous me cachez ?... Vous êtes arrivés par là !

Puis, tout soudain, les cisailles pourpres réapparurent.

— Si vous allez au village prenez-moi un peu de fromage, pas de camembert j'en ai marre, ça fait dix ans que l'épicier m'en met dans le téléphérique, le porc ! Je ne peux plus le sentir, prenez plutôt un bon morceau de bleu, nom de Dieu ! Et des gauloises, deux ou trois paquets. Si vous allez chez le boucher demandez un peu de saucisse.

— Comment faites-vous d'habitude pour manger ?

— Attention ! rétorqua l'autre, et ses yeux à nouveau charbonnèrent. Je vous vois venir ! Je paie mes courses une fois par semaine, je mets l'enveloppe sous la caisse de vin dans le téléphérique ! Essayez d'y toucher !... Vous voyez, il est là ! Je vous fais sauter la tête ! Alors soyez sage ! Le village est à deux heures d'ici et vous le savez bien !

Chargé de provisions pour quelques jours, Lucien revint au hameau à la tombée de la nuit. Le temps demeurait doux ; l'eau dégringolait de partout, le bronze des falaises luisait là-haut dans le dernier jour et le sentier en pente était bombardé de cascades. Le torrent ressemblait maintenant à un fleuve enragé, les arbres arrachés roulaient là-bas au milieu, là où se tressent les plus gros remous.

Il s'aperçut que depuis le matin Lili avait du mal à le suivre, elle qui d'ordinaire le précédait dans la joie, effectuant mille aller et retour et incursions dans tous les sous-bois et fourrés qui bordaient les chemins, traînait la patte à une bonne centaine de mètres en arrière. Pourtant il lui avait acheté un kilo de viande crue qu'elle avait mangé sur la place du village, sans voracité il est vrai.

Dès qu'ils entrèrent, par le fenestron de derrière, dans la maison du maire, elle monta sur le lit et s'y enroula les yeux enfouis sous les pattes, comme si elle en avait plein les bottes et ne voulait plus rien savoir de cette gorge obscure, de ce tumulte et de tout le bataclan.

Pendant les quelques jours qui suivirent elle refusa de manger. Lorsque Lucien l'appelait pour aller faire un tour elle se levait en rechignant, mais dès qu'il ouvrait le fenestron elle faisait demi-tour la queue entre les jambes et regrimpait lourdement sur le lit. Il lui toucha la truffe : elle était chaude et sèche. Elle avait dû prendre froid sur ce plateau sans fin où toute une nuit, le ventre vide, ils avaient marché dans la neige.

Il fit de grands feux dans la cheminée et la laissa se reposer. Il erra, seul, entre ces murs boursouflés d'humidité qui se répandraient bientôt dans les ruelles en escaliers, dévorées d'orties et de mousse. Ces pierres grises et rouges verdissaient autour des portes, là où saison après saison on avait pulvérisé du sulfate de cuivre sur de maigres vignes dont le tronc noir serpentait sur les façades. Des soleils avaient été sculptés sur chacune de ces portes, comme pour implorer celui qui jamais ne descendait ici, ou si peu les plus longs jours d'été.

Le nez de Lili coula à flots, elle se mit à tousser. Elle levait à peine la tête lorsqu'il rentrait et ne s'approchait même pas de sa gamelle. « Si ça continue j'irai au village chercher des médicaments, pensa-t-il, peut-être des antibiotiques, c'est sans doute un gros rhume. »

La nuit il l'enveloppait dans une couverture et se collait contre elle. Toutes les deux, trois heures il se levait pour activer le feu. Là-bas dehors, seul au milieu des ruines et de l'hiver, le fou hurlait à la mort. L'eau continuait à monter l'escalier de pierre, bientôt elle entrerait dans la pièce où ils vivaient.

Un matin qu'elle refusait même de descendre du lit, il la poussa doucement par terre pour l'obliger à boire. Elle fit quelques pas en titubant sur des pattes très molles et s'effondra. Alors brusquement la panique le prit. C'était grave. Il fallait d'urgence l'emmener chez un vétérinaire ou un docteur.

Il la prit en poids et l'emporta. Un peu plus haut dans le chemin il la chargea comme un sac sur ses épaules. Souvent pour s'amuser il l'avait soulevée dans ses bras, ce n'était plus la même, elle avait énormément maigri, ses côtes saillantes lui blessaient la nuque. Alors qu'il serrait dans une main les pattes de devant, dans l'autre celles de derrière, il sentit les quatre membres se raidir par petits à-coups violents. Il accéléra, glissant sur les roches trempées. Au bout d'une heure, en nage il s'écroula, s'étouffa quelques secondes étalé près de Lili et repartit sous son fardeau.

Vertèbres brisées, jambes tremblantes, il atteignit les premières maisons du petit bourg. Il demanda un vétérinaire ; un pompiste lui désigna une bâtisse carrée qui faisait l'angle de l'autre côté du pont.

— Vous tombez bien c'est son jour de consultation.

Sans regarder il traversa la salle d'attente et fit irruption dans le cabinet. Surpris le médecin le considéra, acheva de rédiger une ordonnance, serra la main d'un client qui sortit par une porte latérale et s'approcha.

— Je crois que c'est grave, haleta Lucien.

Face au regard halluciné, aux pauvres vêtements, l'homme comprit que ce n'était pas le moment de faire respecter un ordre quelconque, il se pencha vers Lili. Il n'eut pas à chercher bien loin.

— Très grave, énonça-t-il se redressant presque aussitôt. Maladie de Carré. Il y a combien de temps qu'elle est dans cet état ?

— Cinq, six jours qu'elle ne mange plus, elle tousse de plus en plus.

— Son système nerveux est atteint de façon irréversible, trop tard pour tenter quoi que ce soit.

— Trop tard ?... balbutia Lucien. Je crois qu'elle a pris froid, c'est peut-être seulement...

— Pas du tout, coupa le vétérinaire, c'est ce qu'on appelle une encéphalite virale due au virus de la maladie de Carré. À ce stade, croyez-moi, il n'y a plus rien à faire.

— Et alors ?... fit Lucien qui ne comprenait plus ce qui se passait.

— Alors... On ne peut pas la laisser comme ça, elle ne peut plus mettre un pied devant l'autre, tenez, regardez ses pattes, elles sont prises de contractions musculaires, et ce frémissement-là sur le haut du crâne, c'est un signe qui ne trompe pas, vous voyez ?

— Vous voulez dire que...

— Oui, c'est une histoire d'heures, au mieux de quelques jours, croyez-moi il vaut mieux la piquer, elle n'a aucune chance.

Lucien prit Lili dans ses bras et s'enfuit. Hébété il divagua dans les rues. Il se retrouva au milieu des champs où subsistaient quelques plaques de neige. Une grange était là, au bord de la route, il entra et referma la porte. Il se recroquevilla dans la paille, derrière des machines agricoles, la chienne serrée contre lui. Pendant des heures, dans la pénombre, il la caressa en lui disant : « Tu vas voir, Lili, je vais te réchauffer, tu as attrapé froid, c'est rien un rhume. »

Tout le jour et toute la nuit il la serra dans ses bras. Une voiture parfois passait sur la route, il n'entendait que cette respiration brûlante qui s'accélérait contre lui.

Il revit cette matinée d'hiver où avec Pierrot ils l'avaient aperçue sur trois pattes au bord de l'autoroute, totalement égarée ; ses premiers pas après l'opération et puis les jours heureux : il lui apprenait à nager en lui tenant le menton dans ce trou où elle avait bien failli se noyer ; les milliers et les milliers de bâtons qu'il lui lançait sur tous les chemins et dans les prés qu'ensemble ils avaient parcourus ; ces soirs d'hiver magnifiques sur des sentiers de crête où montaient des odeurs de feu et de lents bruits de fermes ; cette manière comique de pencher la tête lorsqu'il lui parlait, l'oreille cassée en bonnet de nuit ; de grimper sur ses genoux comme un enfant ou comme un chat ; les oiseaux la rendaient folle et les vieux qu'elle aurait pu tuer tant elle déboulait à fond de train dès qu'on ouvrait la porte. Il revit le jour où *À l'est d'Eden* s'était transformé en neige dans le grenier, elle avait fait pipi de peur. Elle l'avait suivi partout sans jamais se plaindre, acceptant les fatigues et la faim avec le même amour, les mêmes yeux de tendresse. Elle l'avait réchauffé sous ce chêne quand pendant deux jours il avait grelotté.

Maintenant il lui parlait en caressant doucement ses babines de velours.

Le lendemain matin, Lili serrée dans ses bras, il sortit de la grange. Elle haletait. Ses pattes se détendaient de plus en plus violemment. Il se dirigea vers le village.

La salle d'attente était pleine, une seule chaise était libre, il s'y assit. Il y avait là d'autres chiens et des paniers d'osier qui contenaient des chats. Il ne vit rien. Malgré ses si faibles forces Lili se plaqua contre lui. Une vieille dame se pencha et lui demanda :

— Qu'est-ce qu'elle a ?

— Je ne sais pas, répondit-il.

Sa gorge lui faisait atrocement mal. La dame se pencha de nouveau.

— Ils ont besoin de beaucoup d'affection, ça les prolonge, c'est comme les humains.

Il fit oui de la tête. Elle caressa le front de Lili.

— Ces chiens-là ont des yeux très tristes, on dirait toujours qu'ils sont malheureux, vous ne trouvez pas ? Il ne leur manque que la parole, ils comprennent tout.

Lucien hocha la tête, les larmes allaient jaillir de ses yeux. Elle lui raconta l'histoire de deux chiens de berger qu'elle avait recueillis sur le Causse, ils étaient tellement maltraités et peu nourris qu'elle était venue les chercher avec un homme. Le propriétaire les avait menacés avec un fusil.

Il ne l'écoutait pas, il sentait sur sa cuisse la chaleur de la joue de Lili.

Une jeune femme entra avec une fillette qui tirait par la laisse un épagneul de quelques mois, elles restèrent debout près de la porte. Au bout d'un moment la vieille dame leur dit :

— Asseyez-vous, je vous en prie.

Elle fit mine de se lever pour leur céder sa chaise.

— Non, non, ne vous dérangez pas, répondit la jeune mère, ça va très bien comme ça.

La dame se rassit et il se fit un grand silence. Lucien regarda autour de lui, tout le monde le fixait. C'était le seul homme et il n'avait pas bougé le petit doigt. Lili leva les yeux vers lui. Il y eut des murmures mais il ne voyait que ces deux yeux tristes devenir flous à travers les larmes.

Les unes après les autres les chaises se vidèrent. Une porte s'ouvrait et quelqu'un se dressait. De toutes ses forces Lucien pria pour que ça ne vienne jamais à eux. Mais sa prière resta vaine. La porte s'ouvrit encore, un homme en blouse blanche le regardait. Il n'y avait plus dans la salle d'attente que lui et la jeune mère qui s'était assise, la petite fille tirait toujours sur la laisse.

Il se leva et tout seul se dirigea vers la sortie. Le monde bourdonnait, il ne voyait presque plus rien.

Au moment de franchir la porte il se retourna. Lili le regardait partir. Comme la première fois qu'il l'avait laissée chez le vétérinaire, il lut dans ses yeux qu'elle avait compris mais ne lui en voulait pas. Il y avait dans ce regard un amour absolu.

Maintenant il allait seul sur un Causse encore plus vaste que celui qu'ils avaient traversé avec Lili avant d'atteindre le hameau noir. Depuis longtemps il faisait nuit. La neige s'était remise à tomber. La terre blanche éclairait les nuages d'une lumière étrange, le ciel était au-dessus presque vert et au loin, vers ce qui devait être les rivages du plateau, d'un noir qu'incendiaient des lueurs de soufre, comme si le soleil allait toucher minuit.

Les rares arbres qu'il rencontrait s'ouvraient comme des lys. Il s'arrêta, demeura un moment immobile : « Regarde comme c'est grand... », prononça-t-il à haute voix. Puis, un peu plus tard, à tue-tête il hurla vers le ciel : « Tu n'étais qu'un petit voyou ! Regarde autour le gâchis que tu as fait ! Pierrot, si tu m'entends crache sur tout ça ! Crache sur ce monde pour que je sois moins seul ! »

Depuis huit mois il serrait dans sa main, au fond de sa poche, le laguiole au manche de corne que lui avait offert son ami sur le port de Toulon.

Il pensa à tout le chemin qu'il lui restait à parcourir, aux villes où le mistral soulève la poussière à trois heures de l'après-midi dans des boulevards déserts, aux terrains vagues rongés de soleil et d'ennui, aux voies ferrées qui traversent des champs, des banlieues, des fleuves, aux routes fondues de juillet, aux fêtes foraines à la sortie des villes, aux brises glacées de février, aux hameaux dans le fond brumeux des vallées, à la lumière immense de la mer et aux ruelles que l'hiver a vidées derrière les ports, aux affiches de cinéma que le vent décolle, aux parkings à la tombée de la nuit où il n'y a plus que les voitures volées et des débris de pare-brise, aux sirènes de bateaux qui montent vers les collines, aux entrepôts désaffectés qui perdent leurs vitres et leurs tuiles plates, aux vitrines poussiéreuses des vieux magasins qui ont fermé, aux plaines, à la fatigue, à la faim, aux pluies glacées de mars, au sol gras des stations-service, à l'or fondu du soleil couchant à travers les branches d'une haie qu'agite le vent du soir, au parfum des lilas sur la terrasse d'une maison vide où l'on s'est assis un moment, au chemin que l'on a repris parce que les souvenirs allaient noyer vos yeux, à ces figues bleues qu'on vole avec les oiseaux les premiers soirs d'automne. Et tout ça pour aller nulle part.

Lucien perdit l'équilibre et se retrouva assis dans la neige. Il se revit à l'âge de cinq ou six ans : il était installé sur une petite chaise en paille et il écoutait, dans la cuisine, sa mère lui dire l'histoire d'un jeune écureuil. Il devait être dix heures du matin, le soleil entrait par la fenêtre et dorait la cloche en bois de la machine à coudre. Et cette douce lumière qu'il avait toujours associée depuis à la voix de sa mère était la preuve calme, le signe que rien ne pouvait lui arriver.

Que s'était-il passé ? Quand cette lumière avait-elle disparu ? Il était là, les jambes et les mains dans la neige, perdu dans ce paradis. Il espéra que les jours tombent sur lui avec la rapidité et le silence des flocons. « Chers parents, dit-il, je mange bien, je dors bien et je m'amuse bien, des fois je pleure. » À présent il n'attendait plus rien. Il n'aurait plus à compter les jours, personne ne viendrait le chercher. Il se coucha dans la neige.

Manosque, le 6 mars 1991.

plus aliénant [illegible] vos yeux, à ces figures fléchies qu'on voit avec les [illegible] les premières salles d'autobus. Et tout ça pour aller nulle part. »

*

DU MÊME AUTEUR

Aux Éditions Denoël

LES CHEMINS NOIRS, *Folio n° 2361.*

TENDRESSE DES LOUPS.

Impression Société Nouvelle Firmin-Didot
le 4 août 1994.
Dépôt légal : août 1994.
Numéro d'imprimeur : 27661.
ISBN 2-07-038951-0./Imprimé en France.